KB167751

이시형 박사의

대인공포증 치료 下

대인불안 · 연단공포 · 이성공포 · 적면 · 추모 · 시선공포

도서출판

개정 보완판을 내면서

책이 나온지가 15년이 지났는데도 지금까지 꾸준히 독자들이 찾고 있다는 것이 그저 고맙다. 최근 오히려 독자층이 많아지고 있는 것은 이제 대인공포증이 사회공포와 함께 일반에게 많이 알려졌고 환자 역시 증가하고 있는 사실을 뒷받침하고 있다.

지금까지 많은 독자들로부터 과분한 찬사와 함께 「내 인생을 바꿔준」 책이라는 감동적인 감사편지도 받았다. 특히 정신과·심리과 등 전문 동료들이 과분한 찬사를 보내준 것에 대해 송구스럽기도 하고 자랑스럽기도 하다. 그리고 많은 비판과 조언을 함께 보내준 동학들에게 다시 한번 감사를 드린다.

그동안 대인 공포 클리닉을 다녀간 환자는 2,000여명이 되고 그 중 본저에 소개된 집단치료를 받은 환자만도 모두 40여회에 걸쳐 600여명이나 된다. 그간의 임상 양상이나 치료 결과는 국내외 학회에서 여러 차례 발표되었으며 본 치료법을 응용한 치료센

터가 세계 각국에 설립되었다.

이런 성과들을 종합한 「대인공포증」「터놓고 삽시다」가 출간되어 전문가 및 일반인에게 좋은 반응을 얻고 있다.

본저를 다시 보완해 내놓긴 하지만 치료에 관련된 내용은 그대로임을 밝혀둔다.

대인관계 치료지침서의 내용이나 치료자의 대화 내용을 좀더 충실하게 다듬어 독자들에게 읽는 것만으로도 치료가 될 수 있도록 했다. 치료 시작 전 대인공포의 개관을 간단히 설명했지만 부족한 점이 많으리라 생각된다. 보다 이론적이고 구체적인 내용을 알고싶다면 「대인공포증」「터놓고 삽시다」를 참조하기 바란다.

그간 본 치료가 진행되는 동안 참여해 준 많은 동학들, 그리고 치료팀을 이끌어 온 강북삼성병원 오강섭·신영철 교수 그리고 이제 막 시작된 동남정신과의 여인중선생께 감사를 드린다.

그리고 본저의 내용을 나름대로 보완하다보니 한권으로 출간하기가 무리가 되는것 같아 부득이 상·하 두권으로 나눔을 말씀드립니다.

개정 보완판에 출판을 맡아 동분서주하신 풀잎 출판사 여러분의 노고도 잊을 수 없다.

CONTENTS

C O N T E N T S

C O N T E N T S

C O N T E N T S

치료적 대화 2

치료자 메모

숙제①

주어진 문항을 읽고 거기에 대한 자기의 의견을 적어온다.

목표

불안은 반드시 병적인 것이 아니며 우리를 보호하기 위한 방어수단이다. 불안과 흥분의 차이, 불안의 기능 및 의미, 병리현상 등을 토의한다. 불안-자율신경-신체현상 등의 관계를 설명하는 슬라이드 설명도 함께 한다.

숙제②

지난 한 주 어려웠던 상황에 대한 원인 분석을 하며 그런 상황을 피하지 말고 일부러 부딪쳐본다.

목표

지난 셋째시간 숙제 토의과정에서 지적 수준의 통찰이 생긴 몇 환자에게 처음으로 「역설지향 기법」「광고 기법」을 써보게 함으로써 자신의 문제가 실제가 아니고 심리적 허구였음을 체험케 하는 단계다. 지적 통찰만으로는 치료가 안되며 실제 어려운 일을 일부러 찾아 함으로써 오히려 증상이 경감되는 체험을 한다는 것이 중요하다. 동시에 「자기관찰이탈」을 병행시킨다. 어렵다고 피해서는 안되며 할 일은 해야 한다는 사실을 강조한다. 그렇게 함으로써 시야가 넓어지며 발전적 인생을 살 수 있음을 이해시킨다.

김선생 지난번 그룹에서 하셨던 분 중에서 오실 수 있는 분을 연락드렸어요. 이성우씨하고 강영식씨…

정선생 치료가 끝나고 그동안 어떻게 지내셨나 궁금하고 그때랑 지금이랑 감회가 다를 텐데 경험담을 같이 애기 좀 해주시고…

강영식 저는 고등학교 때 아버지가 돌아가시고 불안했습니다. 한 달 정도 지나니 몸에 이상이 생기고 그래서 결석도 자주 하게 되고 노이로제로 지내다가 몸에서 냄새가 심하게 나고, 그러니까 생활이 너무 어려워서 부산 백병원에서 검사를 받아보니 몸에 이상이 없다고 해요. 나는 느끼는데…

그래 결국 학교를 그만두고 피부과에도 다니고 그랬는데 피부에도 이상이 없고 신경과민이라고 해서 신경정신과에 가서 두 달 치료를 받았지만 도움이 못됐습니다. 어머니는 공부만 강요하시고… 학원 간다고 나와선 도서관에서 시간 보내다가 돌아가고, 그렇게 5년 동안 하다 보니까 모든 면에서 비참한 생각이 들었습니다. 개인병원으로 옮겨 치료를 2년 해도 소용이 없어…

마지막으로 이박사님께 가보자 해서 나왔는데 3월 12일 처음 모임에 참석했습니다. 처음엔 환우들 얼굴도 쳐다보지 못하고 앉아있었고, 두 번째 모임에서 환우들 애기가 자극이 되었습니다. 남들은 좋아지는데 나는 왜 그럴까, 마음속으로 갈등이 되다가 네 번째 모임에서 나도 뭔가 해야겠다는 생각이 들어, 4년 동안 학원 신청을 못했는데 다시 수강 신청을 했지요. 냄새 때문에 그만두고 싶은 생각이 많이 들지만 화요일마다 모임이 있으니까 일주일만 견디자고 해나가니 조금씩 나아져요. 버스도 못탔는데 여기서 박사님 하신 이야길 되새기니까 불안이 덜 하고 버스를 탈수 있게 됐습니다. 헤어지고 나니까 환우들이 그립고, 보고 싶어요. 화요일만 되면 시계만 쳐다보곤 합니다. 여러분한테 당부할 것은 낙심하지 말고 끝까지 치료에 참석하라는 겁니다.

이박사 영석씨는 4년 동안 전혀 학원도 못나가고 그러다가 등록도 하고 첫날은 뒷전에 앉아 있다가 우리가 한복판에 앉으라고 했지요. 기왕 냄새날 바에야. 지금도 냄새나는 듯한 기분은 완전히 없어지지는 않았죠?

강영식 그런 의심이 들지만 무시하고 사는 거죠, 뭐.

이박사 질문도 많고 그럴 텐데 이성우씨 이야기부터 듣고…

이성우 어릴 때부터 말도 잘 안하고 고집도 세고 내성적이었는데 고등학교 2학년 때 옆에 짝이 갑자기 책상을 약간씩 당기면서 멀리 앉기에 제가 싫어서 그런다고 생각했어요. 2, 3년이 지나 대학 들어가서도 계속 그 생각이 남아 있었습니다. 남들한테는 그런 얘기를 안하고 저 혼자 해결해 보려고 온갖 방법을 다 썼습니다. 남들에게 피해를 주고 싶지 않다는 생각으로 제 나름대로 노력했는데 날이 갈수록 더 심하게 느껴졌습니다. 도서관에서 공부하다 보면 사람들이 헛기침을 한다든가 자리를 떠나면, 저를 싫어해서 떠나는 것으로 생각이 들어 극장이나 도서실에도 안갔습니다.

마지막 희망으로 여기서 치료를 받았는데 세 번째까지는 희망이 없었습니다. 갈등도 많이 생겼지만 끝까지 다녀보자는 생각으로 했는데 지금도 남는 것은 상황을 피하지 말고 직접 부딪치라는 것, 피하다 보면 폐인밖에 안된다, 여하튼 마칠 때까지 확실한 자신이 들지 않았는데 며칠 전 사소한 일로 친구와 대립하다가 어제 그 친구를 찾아가 감정을 풀었습니다. 그전에는 생각도 할 수 없는 일이지요. 남이 저를 쳐다보면 욕하는 것 같고 나쁜 방향으로 생각해 가지고 감정이 안 좋았는데 요즈음은 생각이 좀 달라졌습니다. 남이 나만 보는 것도 아니고 나도 남을 보기 때문에 그런 것을 느낀다는 거죠.

결국 생각의 차이라는 걸 확실히 체험한 것 같습니다. 제가 바라는 만큼 되지는 않았지만 노력하면 잘될 것 같습니다.

이박사 성우씨도 자기 시야에 들어오는 모든 사람에게 피해를 주는 것 같은 그런 기분이었어요. 명선씨도 자기가 쳐다보면 눈을 깜박거린다고 그랬죠. 우리 팀도 냄새나는 것 때문에 고민하시는 분이 두 분인데 특징은 인상이 참 좋다는 겁니다. 깔끔하고 말쑥해요. 저렇게 말쑥한 사람이 냄새난다니 믿어지질 않습니다. 자, 두 분 어려운 걸음 하셨고 두 분의 경험이 다른 환우에게 도움이 됐으리라 믿습니다. 여기서 치료한 게 전부가 아니고 치료의 전기를 잡았다, 뭔가 좀 더 좋아지는 계기가 마련이 됐다는 데 의미가 있습니다. 영식씨는 수술은 안했지.

강영식 하려고 피부과에 가니까 암냄새와는 다르다고 안해줬어요.

이우영 가까이 있는 친구한테서 「네 몸에서 냄새난다」는 얘기를 들었습니까?

강영식 친구가 아니고 버스 안에서…

이박사 아무도 직접 대고 냄새가 난다는 사람은 없어요. 이 증상을 가지고 있는 사람의 특징이 어떤 사람한테서 너 냄새나니까 향수 뿌리고 다녀라 이런 충고를 받은 사람은 없고 우연히 어떤 사람이 코를 막는다던가, 냄새난다고 하니까 그게 전부 자기보고 하는 소리로 오해한 게 병이 된 거죠.

지나가는 소리를 듣고 아이고 내 몸에서 냄새가 나나 보다, 경직씨, 그렇죠? 경직씨한테 직접 대고 너 냄새난다고 하는 사람 있습디까? 아무도 그런 사람은 없어. 허무맹랑한 이야기라구!

성규문 암내 나는 사람은 군대있을 때 봤는데 냄새가 무지하게 나요.

김명선 저도 맡아봤는데 진짜 그건 자리를 안 피하고는 아무리 경직씨가 환우라고 해도 옆에 앉아 있을 수 없어요. 얼마 전에 근무를 하는데 자꾸 점원들이 구두를 팔다가 도망을 나와요. 구두를 팔면 수당이 있기 때문에 서로 팔려고 그러는데 이상하다, 그래 결국엔 나만 남았어요. 가서 보니까, 아! 진짜 냄새나데요. 그건 말로 표현할 수 없는 지독한 냄새예요. 억지로 팔기는 팔았는데, 경직씨하고 운구씨 경우 내가 옆에 앉아 있어 봤지만 냄새라니 말도 안돼요.

권형수 냄새가 심하면 이혼조건이 된다고 들었어요.

김명선 군대도 못간다면서요… 그런데 피해를 주고 있다는 걸 어떻게 압니까? 내 경우는 눈을 깜박거리니까 알지만.(일동 웃음)

강운구 옆에 같이 앉아 있다보면 알지요. 코를 만지든가, 헛기침을 한다든가…

이우영 아니 생리적으로 나오는 기침을 해야지 어떻게 합니까.(웃음)

정선생 냄새에 대한 시비는 끝이 없습니다. 그럼 숙제 토의를 하지요. 우선 먼저 불안과 흥분,「시험을 앞두고 가슴이 두근거리는 것은」에 대해 열 가지 답을 써놨는데「심장이 약하기 때문이다」이렇게 생각이 되시는 분…

이우영 심장이 약하다기보다 누구나 떠는 거 아닙니까? 정상인도 시험장에 가면 떨 것이다, 저는 이렇게 느꼈는데요. 자신이 있어도 떨립니다.

임경직 시험장에 들어가면 화장실 가고 싶고 가슴이 뛰고… 심장이 대범하지 못해서 그러는 것 아닐까요?

정선생 네, 그럼 두번째가「경쟁이라면 자신이 없기 때문이다」

신선희 자신감이 없기 때문이라고 생각해요.

이영희 자신이 있어도 그런 상황이면 떱니다.

정선생 세번째「불안하기 때문이다」이건 어떻게들 생각하십니까?

김명선 시험장에 들어가 편안해질 수만은 없는 거죠. 약간 잘해야되겠다는 마음가짐을 가져야 될 것 같아요. 안방에 들어가는 식으로 그렇게 편하게 들어가는 사람은 없고, 적절한 긴장이 필요할 것 같아요.

정선생 그 다음「실수할까 두려워서다」, 다섯번째는「시험이

라면 으레 떨리기 때문이다」, 「공부를 충분히 안했기 때문이다」,
「내가 소심하기 때문이다」…

이영희 떨리는 게 정도의 차이는 있을 것 같아요. 저는 소심하
기 때문에 남들보다 더 떨고, 시험볼 때 다 잊어버릴 정도로 떨거
든요.

정선생 「남들은 나만큼 두근거리지는 않을 것이다」

임경직 저는 시험 보러 가기 전에는 구심을 먹고 가요. 집에서
꼭 그걸 줘요. 학교에서 보는 것은 괜찮은데 큰 시험 있죠. 그런
걸 볼 때는 그날 저녁 잠을 못 자요. 책을 가지고 있어야지, 자게
되면 불안해요.

정선생 그 다음 「잘못 치르면 꾸중을 들을까 두려워서다」

이영희 꾸중까지는 아니더라도 결과가 나쁘니까.

정선생 「불안하기 때문이다」라는 의견이 거의 대부분이시고
다음이 소심하기 때문이다, 그 다음이 실수할까 두려워서다, 이
런 순인데 우선 슬라이드를 한번 볼까요.(중추 신경과 신체의 관
계에 대한 슬라이드 상영)

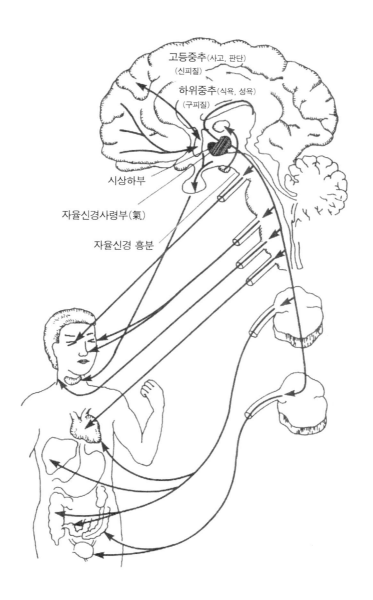

고등중추(사고, 판단)
(신피질)

하위중추(식욕, 성욕)
(구피질)

시상하부

자율신경사령부(氣)

자율신경 흥분

우리가 긴장을 해야 할 필요가 있을 적엔 우리 신체에 어떤 변화가 오느냐, 이걸 설명하는 그림입니다. 흥분이 되면 아드레날린이라는 물질이 분비가 돼요. 이 물질은 우선 혈관을 확장시키므로 얼굴이 붉어지고, 따라서 따뜻한 피가 많이 모이게 되니까 화끈거리는 기분을 느끼게 돼요. 다음 심장이 빨리 뛰게 되죠. 그걸 우리는 가슴이 두근두근하는 걸로 느끼게 됩니다. 뭔가 잘해야 되겠다는 상황에 부딪혔을 때 이러한 일련의 생리적 변화를 일으키게 됩니다. 그래서 얼굴도 붉어지고 가슴도 뛰게 되고 심장이 평소보다 많이 뛰어 피를 사지로 많이 보냄으로써 위기상황을 극복할 수 있도록 만들어 줍니다. 팔다리가 떨리는 것도 그래서이죠.

고유석 경우에 따라서는 얼굴이 떨린다든가, 근육의 경련…

정선생 긴장을 하면 조금 떨리고 하는 현상은 정상입니다.

주먹을 쥐고 있죠. 근육이 긴장돼요. 축 퍼져 있는 상태에서 싸운다든가 아니면 도망을 간다든가 할 수는 없어요. 근육이 준비상태에 있어야 해요. 움직일 수 있는 준비상태, 근육에 힘이 들어갈수록 약간 떨립니다. 긴장이 됐다는 거죠. 긴장이 됐다는 얘기는 내가 처한 환경을 잘 처리해 나가겠다고 하는 우리 몸의 생리적인 준비인 것입니다. 그걸 우리는 마치 병처럼 오해하고 있으니…

자율신경의 맹점

자율신경은 스스로의 리듬에 의해 움직이는 신경이다.
그러므로 이를 거역하려 들면 들수록 긴장은 고조된다.

이박사 그게 자율신경계통의 맹점입니다. 자율신경은 우리말을 듣지 않습니다. 사람을 만나도 붉어지지 말아라, 그렇게 의식적으로 명령을 해도 자율신경은 불행히 그 명령에 따르지를 않아. 자율신경이란 이름 그대로 자기 스스로의 리듬에 의해서 움직이는 신경이거든.

우리 의지나 의사에 따라 가는 게 아니고 자기 마음대로 노는 거야. 따라서 자율신경 지배하에 있는 심장이 뛰는 것, 얼굴 붉어지는 것, 떨리는 것 등 모든 기능, 코 벌름거리는 것, 이 모든 것들은 내가 하고 싶어서 그렇게 되는 게 아니고 저절로 돼요. 내가 아무리 떨리지 말자, 얼굴이 붉어지지 말자, 가슴이 두근거리지 말고 진정을 하자, 그래도 사람 앞에 나서면 어쩔 수가 없거든요. 왜 그러냐 하면 이성을 만난다, 버스를 탄다, 이건 일종의 비상사태 아닙니까? 보통사태는 아니야. 비상사태에 적절히 대비하기 위해 정도의 차이는 있지만 이러한 반응이 일어나게 돼 있습니다. 안 일어나면 병이죠.

가령 연설을 해야 하는 경우를 생각해 봅시다. 진정해야지, 가슴이 조용해야 될 텐데 하고 조심스레 연단에 올라갑니다. 순간 가슴이 뛴다. 이크! 또 증상이 발동하는구나… 당황하기 시작한다, 정신없지요. 그러나 이것은 병이 아닙니다. 그 사태를 적절히 처리해 나가기 위한 하나의 생리적, 정상적인 준비과정입니다. 그런데도 우리는 그것을 병이라고 생각하는데 문제가 있는 겁니다. 그리고 얼굴이 붉어진다, 두근거린다, 팔다리가 떨리는 것은 전부 다 동시에 일어나는 겁니다. 얼굴만 붉어지고 가슴이 안 두근거리는 사람은 없어요.

한번 혼나면 신경과민

이런 말이 있지요? 자라보고 놀란 가슴 솥뚜껑보고 놀란다고. 시험 때 한 번 놀랐다, 개한테 한 번 혼난 적이 있다, 연설할 때 혼이 났다, 초등학교 때 책을 읽는데 실수를 했다, 애들이 웃었다, 이러한 일들은 기분 좋은 일은 아닐 겁니다. 잊혀지지도 않아요. 한 번 혼났던 기억은 오랫동안 머리에 딱 각인이 되어 있어요. 그리곤 다음에 그와 비슷한 상황을 만나면 다른 사람들은 별로 반응이 안 일어나는데 이 사람만은 그런 기억이 있기 때문에 반응이 예민하게 일어나서 온몸에 전달이 되는 겁니다.

다른 사람들은 가벼운 정도로 그쳐야 될 것을 이 사람의 경우는 굉장히 반응이 크게 일어납니다. 이런 상태를 예민성, 혹은 과민성 신경 상태라고 합니다. 정도의 차이는 있습니다. 얼굴이 조금 붉어지는 사람도 있고, 많이 붉어지는 사람도 있습니다.

안전을 지켜주는 불안

가슴이 두근거린다고 하는 것도 심장이 약한 게 아니고 심장으로 가는 신경이 약하다, 예민하다는 게 옳은 표현입니다. 가슴이 두근거린다고 해서 심장이 약하다, 이런 개념은 옳지 않습니다.「경쟁이라면 자신이 없다」경쟁에 자신이 있는 사람은 없습니다. 전교 1등 하는 사람도 시험을 앞두고는 가슴이 두근거리게 돼있습니다. 시험을 앞두고는 누구나 약간 불안합니다. 그전에 시험 때 혼난 기억이 있기 때문입니다. 적절한 긴장이 필요하기 때문에 그렇고, 아까 김명선씨가 설명을 잘해 주셨는데 실수할까 두려워해야 됩니다. 여기는 그런 사람이 없지만 엘리베이터를 못 타는 사람도 있습니다. 높은 데 못 올라가는 사람이 있습니다. 3층만 올라가도 창가에 못 가는 사람이 있습니다. 심하면 병이라고 할 수 있죠. 그러나 어떤 의미에선 정상입니다. 그래야 안전하기 때문이죠. 가령 10층 옥상도 겁없이 난간에 서 까불다가 진짜로 실수하면 떨어져 죽는다구! 위험한 곳에선 겁도 낼 수 있는 사람이 안전한 사람입니다. 겁이 난다는 건 정상입니다. 겁 없으면 죽는다, 이건 모든 동물의 개체보존의 본능입니다. 자기를 안전하게 보존하려는 본능이죠.

떨려야 공부한다

또 공부를 충분히 안했기 때문에 떨리는 겁니다. 내가 전에 설명을 드렸지만 조금 떨려야 공부를 열심히 합니다. 시험을 앞두고 안떨린다면 뭣하러 공부를 하겠어요. 조금 자신 없고, 조금 떨리고 그래야지 공부를 열심히 하게 될 겁니다. 그래서 성공을 하는 것 아닙니까. 정상적인 반응이죠. 시험을 앞두고도 안 떨릴 만큼 덤덤한 사람은 돌아도 많이 돌았어요. 이럴 때는 소심해지는 게 정상이야. 소심해야 발전성이 있습니다. 대담한 것, 이거 옳지 않아요. 소심해야 돼요. 더구나 요즘 현대를 살아가는 사람들은 상당히 소심하고 정확하고 실수할까봐 떨리고 겁이 나고 이렇게 해야 되는 것입니다.

남들은 나만큼 두근거리지는 않을 것이다, 이건 잘못된 생각입니다. 남들도 나만큼 두근거린다. 자기가 제일 나쁘다고 생각하는 게 여기 환자들의 특징입니다.

떨리는 게 정상

시험을 잘못 치르면 부모님한테 야단맞지 칭찬받지는 못했을 거야. 이것도 사실입니다. 그러니까 시험을 앞두고 얼굴이 달아오르고 가슴이 두근거리고 생각하면 앞이 캄캄할 때도 있고 따라서 때로는 잠이 잘 안 올 때도 있고, 시험지 받기 직전에는 막 가슴이 두근거리고 손이 떨린다구요. 시험을 앞두고 떨리는 것은 정상적이고 떨려야지 오히려 시험을 잘 치른다는 겁니다. 결론은 그렇습니다. 시험을 앞두고 너무 태연하고 잠 잘 자고 밥 잘 먹고 겁도 없다면 이건 문제입니다.

시험뿐만이 아니라 버스를 탄다, 도서관에 간다, 식당에 간다, 사람을 만난다, 사람을 찾아본다, 말을 걸어야 된다, 이럴 경우엔 다 떨립니다. 비슷한 현상이 다 일어납니다. 그러니 이것은 전부 다 정상이라는 겁니다. 그냥 안방에 나 혼자 뒹구는 상태가 아니고, 사람하고 대인관계를 한다 하는 그 자체에 적당한 긴장이 필요한 겁니다. 남자들끼리 있을 때보다 여자 손님이 오면 적절한 예의를 갖춰야 하잖습니까? 윗사람이 온다, 발을 뻗고 앉아 있진 못할 겁니다. 자세를 고치고 담배라도 끄는 시늉을 한다든가, 이게 한국사람의 적절한 예의입니다. 따라서 그럴 경우에 가슴이 두근거리고 얼굴이 달아오르고 때로는 쳐다보기가 거북하고 혹시 내 몸에서 냄새가 나지 않을까 긴장이 되고…

정상을 병으로 해석

이 모든 것은 정상적인 현상입니다. 생리적으로 그렇게 되지 않으면 안되는 겁니다. 그런데 그것을 이상하다, 병적이라고 생각하는 데 문제점이 있습니다. 얼굴 붉어지지 말자고 의식적으로 한다고 되느냐, 절대로 안됩니다. 그럴수록 점점 더 긴장이 됩니다. 안하려고 노력하면 불행히도 우리 자율신경이라는 것은 우리 명령에 거역하는 성질이 있습니다. 안하려고 하는 그 자체가 자율신경을 더 자극하여 긴장하게 만드는 겁니다. 그러기 때문에 더 나빠진 겁니다. 그러니까 결코 증상을 없애려고 하면 안돼요. 또 없어져서도 안 되는 겁니다. 다만 우리가 증상을 보는 태도를 바꿔야만 된다는 것입니다. 나는 여러분께 한 번도 증상을 없앤다는 약속을 한 적은 없습니다. 여러분들의 증상은 병적인 것이 아니고 정상적인 흥분이요, 정상적인 불안이라는 겁니다. 정상적으로 있어야 할 생리적인 현상인 것입니다.

그것은 자연스러운 것, 그대로 둬라

누구나 긴장이 되면 떨린다는 그 사실을 병적으로 이해하는 데 문제가 있다.
증상을 보는 태도를 바꿔라.

연설할 때 손발이 떨려 안 떨린 척하려고 그러면 더 떨리게 돼있습니다. 잘못은 그 증상을 없애려고 노력을 했다는 점입니다. 증상은 있는 그대로 그냥 내버려둬야 돼요. 건드리면 더 성을 내게 돼있습니다. 자율신경이라는 것은 안하려고 할수록 더 긴장이 되고 긴장이 될수록 더 흥분하게 돼있습니다. 심장이 1분에 100번 뛸 것을, 안뛰어야지 노력하면 120번 뛰게 됩니다. 그, 뛰지 말자고 하는 의식적 노력이 자율신경을 더 자극하기 때문입니다.

내가 가지고 있는 증상이라는 것은 하나도 병적인 것이 없습니다. 한국 사회, 양반집에서 자란 사람으로서는 마땅히 있어야 할 지극히 자연스러운 일들이라고 했지요? 다만 이게 다른 사람에 비해 심했을 뿐입니다. 왜 심해졌느냐, 뭔가 우리는 착각을 했기 때문에, 이런 증상이 있어서는 안된다고 생각했기 때문에, 이것을 병적이라고 생각했기 때문에, 그것을 없애려고 노력했기 때문에, 여러분들은 다른 사람보다 더 심해진 겁니다. 원래는 다른 사람과 똑같이 있었습니다. 그런데 무슨 원인에서든지 어쨌든 우리는 착각하기 시작한 겁니다. 별스럽지 않은 우연한 계기로, 누가 옆에서 냄새가 난다고 하니까 아, 나보고 하는구나, 하찮은 계기에서 시작이 된겁니다. 전혀 별스럽지 않은, 평소에 누구에게

나 있을 수 있는 일이 계기가 되어, 그때부터 고민이 갑자기 생기기 시작한 겁니다.

고유석 그렇습니다. 제 경우도 아주 별스럽지 않게 시작되었거든요. 학교 때도 발표할 적엔 좀 떨렸지만 그 정도야 정상이지 하고 별스럽지 않게 여겼는데 회사 입사 후 발표하는데 역시 떨리데요. 사람들이 좀 웅성거리는 것 같고, 아주 긴장되더라구요. 시선이 의식되고 얼굴이 굳어져 가는 것 같고… 그때부터 이렇게 된 거거든요.

대화 ㊾
적응불안의 병리

사람은 새로운 상황에 놓이게 되면 누구나 불안해진다. 이것은 일종의 위기의식이며 그 상황에 대처해나가기 위한 적응불안이다.

이박사 네, 얼굴 좀 붉어지고 떨리는 것… 이건 누구에게나 있습니다. 보통으로 생각하고 지내다가 어떤 상황에서 딱 달리 느껴지거든요. 그때부터 병이 되는 거죠. 지금까진 별스럽지 않게 보통으로 생각했던 것이 고민거리가 되는 겁니다.

그럼 어떤 상황에서 그렇게 되나? 대개 생활에 변화가 있는 경우가 많습니다. 입학, 전학, 취직, 결혼 등 지금까지의 내 생활보다 새로운 환경에 놓일 때 우리는 본능적으로 예민해집니다. 주위의 작은 일에도 신경을 쓰게 되죠. 새로운 상황에 놓이면 불안해지는 겁니다. 적절하게 잘 대처해나가기 위해 생기는 「적응불안」입니다. 이것은 일종의 위기의식이기도 합니다. 누구나 이러한 상황에 놓일 때는 적응불안이 생기고 신경이 예민해집니다. 따라서 지금까지 별스럽지 않게 생각했던 떨림증도 취직 후 낯선 사람 앞에서 발표를 하려니까 극도로 예민해진 신경으로 인해 불안이 더해지고, 사람들이 웅성거리니까 아, 내가 못하니까 그런가보다고 오해를 하게 되고… 그때부터 병이 되는 겁니다.

그 증상 출현이 대개 청소년기 시작 무렵이라는 것도 같은 이치로 설명이 되죠. 낯익은 집에서 낯선 사회로 옮겨가는 전환기이기 때문에 어떻게 처신해야 할지 몰라 여러 가지 불안이 따르게 됩니다. 걸음걸이, 표정 하나에까지 신경이 쓰이게 됩니다. 행여 친구들이 비웃지 않을까, 그야말로 전전긍긍입니다. 이럴 때 실수라도 한 번 해보세요. 가령 책 읽다가 떨린다든가 해서 반 애들이 웃기라도 한다면 이건 아주 치명적입니다. 그 다음부턴 더 위축되고 예민해지고 해서 결국 문제의 병이라는 지경에 이르는 겁니다.

현기성 제 경우도 고등학교 입시 끝나고 나니까 굉장히 떨리더라구요. 집에 와서 이런 얘기를 하니까 사내새끼가 떨어지면 또 어때서 그러느냐, 떨어져야 담이 커지게 된다 —그게 참 마음에 걸리더라구요.

이박사 떨려서 시험을 못쳤다 하는 것을 흔히 아버지나 형은 격려하는 뜻에서 그렇게 이야기하십니다. 보통 때 같으면 격려하는 뜻으로 그런가보다고 자연스럽게 받아들일 텐데 당시 상황이 입시라는 위기의식에 놓여 있었기 때문에 거기에다 엄청난 의미를 붙이게 된 겁니다.

자, 그럼 개별숙제 토의로…

정선생 가능하면 실제 있었던 상황이 살아나게, 그 상황을 자세히 얘기를 하시면서 내가 어떤 면에서 착각을 하고 있었던가, 자기 문제를 객관적으로 바라보려고 노력을 했으면 좋겠습니다.

김명선 지난주 숙제는, 남한테 눈을 왜 비비냐고 물어보라고 그랬죠. 물어볼 사람은 형님밖에 없었어요. 갔는데, 물어보려고 하니까 이상하게 덜 비비는 것 같아요. 물어보기가 애매하데요. 비비는 것 같기도 하고 아닌 것 같기도 하고…

어쨌든 물어보려니까 안 비벼요. 그러나 다른 사람들은 확실히 비볐어요. 그런데 남에겐 차마 못 물어보겠더라구요. 그 다음 숙제는 원인 찾기인데, 그건 아마 상대방한테 있는 게 아니라 저한테 있는 것 같아요. 제가 시선공포를 오래 가지고 있다 보니까 사람을 만나면 위축이 되고 해서 잘 바라보지를 못하는 성격이거든요.

대화 ㊿

시선공포의 두 가지 증상

남을 쳐다보기가 어색하고 두려운 정시 공포가 있고, 내 시선에 의해
다른 사람이 불편해 하는 자기시선 공포가 있다.

이박사 시선 공포에는 두 가지가 있습니다.

영희씨처럼 남을 쳐다보기가 힘들다, 어색하다, 거북하다, 이
러한 정시공포가 있고 명선씨처럼 내가 남을 쳐다보면 남이 눈을
깜박거린다, 자기 시선을 남에게 두기를 두려워하는 소위 자기시
선 공포가 있습니다. 물론 이런 사람들도 처음부터 시선공포가
생긴 것은 아니고 대개의 경우 처음엔 얼굴이 붉어진다든가, 수
줍다든가, 이러한 증세에서 시작한 것이 보통입니다. 그래서 시
선공포 단계까지 오기에는 상당한 시일이 걸리기 때문에 대체로
나이가 든 사람들이 많죠.

그러면 적면이 어떻게 해서 시선 공포까지 진행이 되느냐, 우
선 얼굴이 붉어진다는 것을 그냥 자연스럽게 받아들인다면 이렇
게 시선공포로까지 되지 않습니다. 대개의 경우 얼굴이 붉어지는
건 창피하다, 이래선 안되겠다고 이를 고치려고 노력하다 보니까
자기 얼굴 표정에 관심이 많아지게 되죠. 남에게 좋은 인상을 줘
야 되겠다고 의식적으로 노력하는 겁니다. 자연스럽게 그냥 두면
될 표정을 자연스럽게 하려고 하니까 오히려 부자연스러워져서,
사람들이 나를 이상하게 보지 않을까, 이렇게 해서 시선공포 단
계로 넘어갑니다.

이렇게 일단 시선공포 단계에 오면 발생 상황이 확대된다는 것이 특징입니다. 처음 얼굴이 붉어지는 것은 아는 사람이나 선생님 앞에서 시작하던 것이 시선공포 단계로 가면 범위가 넓어져서 자기와 별 관계없는 사람한테까지도 증상이 생깁니다. 그러니까 중간층의 사람뿐만 아니고 그냥 길가는 사람, 혹은 도서관 앞에 모여있는 사람, 자기 집에 오는 모든 고객들에게로 발생상황이 확대되어 간다는 것이 특징입니다. 그 다음, 이런 단계가 되면 사람들에게 피해를 주고 있나를 생각 하게 됩니다. 즉, 가해의식이 생기고 또 어떤 환자는 남들이 자꾸 자기를 쳐다보니까 자기 시선이 이상해진다고 해서 오히려 사람들을 탓하게 되는 경우도 있습니다. 즉, 가해의식도 있고 피해의식도 생기게 되는 단계가 시선공포의 특징입니다.

{ 대화 ❺❶
시선공포의 발전단계

시선공포는 시간이 갈수록 발생상황의 범위가 넓어지며,
가해의식으로부터 피해의식으로, 다시 죄의식 단계로 넘어간다.

그 다음, 이렇게 되다 보니까 대인관계를 가급적 피하려 하거나 아니면 전혀 아무렇지도 않은 척 연기를 하거나 가면을 쓰는 단계로 발전이 됩니다. 이렇게 시선공포는 남에게 폐를 끼치고, 남을 괴롭히는 가해의식이 생기면서 무슨 큰 죄나 지은 듯한 죄

의식 단계로 되어가는 것이 보통이죠.

김명선 그래요. 아주 미안하고 죄스러워 견딜 수 없어요. 제 경우는 그래도 좀 멀리 떨어져 있으면 괜찮은데, 앞에서 차 마실 정도로 되면 불안하고 위축되고 그래서 눈을 아래로 깔고 얘기를 하는데, 그렇다고 눈을 너무 안 보는 것도 실례잖아요. 그래서 올려다보면 근육이 완전히 긴장이 돼가지고, 그 사람이 깜박인단 말이에요. 하루종일 긴장되어 있다 보니까 누가 얘기를 하면 습관적으로 그렇게 돼요.

이박사 명선씨 나름대로의 해석은, 내 눈에 힘을 주기 때문에 눈이 자연스럽지 않아져서 상대방이 나를 쳐다볼 때 눈을 깜박거리게 된다, 이런 말인데 명선씨의 이야기 중에 어디가 잘못 돼 있습니까?

강운구 안경 끼는 사람은 땀이 좀 나면 안경을 벗고 눈이 피로하기 때문에 이렇게 하잖아요. 그런데 명선씨 옆에 있을 때는 땀이 나서 닦고 싶어도 오해할까 싶어서 닦지를 못하겠어요.(웃음)

이박사 어쨌든 명선씨는 지금 큰 발견을 하나 했습니다. 그것은 형이 그 전에는 잘 비볐는데 막상 물어보려고 딱 작정을 하고 있으니까 안 비비는 것 같더라…

김명선 아니, 제가 긴장이 풀어지더라구요. 전에는 긴장이 됐는데 형한테 그것을 물어보려고 바라보는 순간 긴장이 풀어지는 게…

대화 ❺❷
일부러 하려면 안돼

의식적으로 상대방의 눈을 깜박거리도록 보았는데도 그는 왜 아무렇지도 않을까.
그걸 이해하면 치료는 끝이다.

이박사 그게 중요한 겁니다. 그것만 이해하실 수 있으면 치료는 끝나는 겁니다. 형한테 물어보려고 하니까 편해지고 또 형도 눈을 안 깜박거리는 것처럼 느껴졌는데, 그게 중요합니다. 다음에는 형이든지 만만한 친구를 불러요. 그리고선 그 사람이 눈을 깜박거리게 모든 방법을 동원하세요. 그래서 깜박거리면 야, 너 왜 깜박거리냐고 물어보라는 게 숙제입니다.

김명선 제가 환우들하고 4주 동안 얘기를 하다 보니까 노이로제가 진짜 허무맹랑한 것이라는 것을 발견했거든요. 그러나 제 경우는 오랫동안 그랬기 때문에 기질적인 문제가…

이박사 그 의문은 다음 시간 숙제를 하고 난 후엔 저절로 풀립니다.

성규문 지난주 애인이 자기 집으로 오라는데 그의 부모님을 똑바로 못쳐다볼까봐 가지 못했습니다. 사정이 있어서 못간다고 핑계를 댔습니다만… 처참한 기분이 들더군요.

이박사 애인하고 쳐다볼 때는 괜찮습니까?

성규문 약간 느끼지만…

이박사 그런 사실을 규문씨가 애인한테 한 번이라도 설명을 했나요?

성규문 애인은 그것을 약간은 눈치를 채고 있습니다. 대인공포증에 대해 막연히 이야기를 했습니다.

이박사 사람을 만나는데 공포증을 가지고 있다는 것을 아직 구체적으로 이야기한 적은 없죠? 다음 숙제는 애인을 만나서 얼굴이 자연스럽지 않게끔 해보는 겁니다. 그리고 난 후 애인에게 오늘 내 인상이 어땠느냐 하고 물어보는 겁니다. 일부러 애인한테 전화할 것, 둘째, 만나면 아주 부자연스럽게 노력을 하는 겁니다. 애인 눈에 뜨일 정도로 부자연스럽게 해보라―그리고 나서 물어보는 겁니다.

성규문 아이고, 큰일났네.(일동 웃음)

대화 ❺❸
억지가 아니고 순리

떨릴 상황에서는 떨려야 하는 게 정상.
안 떨리려고 노력할수록 어긋난다.

여러분중엔 왜 이런 어려운 숙제를 억지로 해야 하느냐, 좀 편하게 치료할 순 없을까, 생각하는 분이 있을 겁니다. 하지만 잘 생각해 봅시다. 이게 과연 억지일까? 억지가 아닙니다. 치료는 억지로 해서 되는 게 아닙니다. 순리대로 해야 하는 게 치료입니다.

어려운 사람을 만나라는 게 숙제입니다. 물론 그 상황이 어려우니까 억지란 생각이 들 수도 있겠지요. 하지만 친구를 만나 커피 한 잔 하는 게 억지입니까, 피해 다녀야 하는 게 억지입니까. 지금까지 여러분이 한 행동이 억지였습니다. 이젠 만나자는 겁니다. 그게 순리입니다.

그리고 또 한 가지, 어려운 상사, 마음에 드는 이성 앞에서 「떨려선 안된다!」고 생각하지만 이거야말로 억지 아닙니까? 그런 상황에서 어떻게 안떨릴 수 있습니까? 떨리는 게 정상입니다. 좀 어색하고 부자연스러운 게 오히려 자연스러운 겁니다. 여러분은 이 말뜻을 잘 이해할 수 있어야 합니다. 그런 경우에도 안 떨려야겠다는 게, 혹은 떨려선 안된다는 게 억지입니까, 좀 떨릴 수도 있다고 생각하는 게 억지입니까? 억지 부리지 마십시요. 순리대로 살아야 합니다.

고유석 늘 반복되는 생활인데, 가슴이 두근거리는 것은 심장이 약해서 그렇다고 생각을 했거든요. 박사님은 그게 아니라고 말씀하시는데 저로서는 굉장히 어렵네요. 제가 실제로 보고 있어도 가슴 뛰는 게 보이거든요.

이박사 다른 사람은 안 두근거리는데 자기 혼자만 두근거린다고 생각한단 말이죠. 유석씨, 지금 내 가슴이 두근거리는 게 보입니까?

고유석 물론 심장은 뛰어야 되겠죠. 그러나 표시가 날 만큼 안 떨리거든요.

성규문 내가 한번 벗어 볼까요.(일동 웃음)

고유석 손이 떨리는 것하고 가슴이 두근거리는 것하고 연관이 있나요?

이박사 어느 한 가지만 독립하여 일어날 수는 없습니다. 얼굴이 붉어지면서 손이 떨리고, 가슴이 두근거리면서 입이 마르고, 모든 현상은 같이 일어나는 겁니다.

왜 이런 복잡한 현상이 우리 몸에 일어나게 될까요? 이런 게 없으면 여기 모인 환자분들께 아무런 문제가 없고 좋을텐데. 그러나 이게 없으면 생존에 문제가 생깁니다. 원시인을 생각해 봅시다.

아주 옛날 원시인들은 소리에 대해서 굉장히 민감했습니다. 현대인은 시각이 가장 발달했죠. 옛날엔 불이 없었기 때문에 시각보다 청각이 중요했습니다. 깜깜한 밤에는 청각이 더 필요했기 때문이죠. 대낮에도 울창한 원시 숲속에 살고 있기 때문에 지척 앞이 안보이는 겁니다. 그러니까 짐승이 온다든가 하면 눈으로 하기 보다 소리를 듣고 판단을 해야 돼. 아, 저게 토끼 소리다, 사자 소리다, 토끼 같으면 쫓아가서 잡아 먹어야죠. 사자 소리 같으면 도망가야죠. 그러니깐 바스락 소리만 나면 중추 신경이 긴장합니다. 싸우거나 달아나거나 둘 중의 한 가지 준비를 갖춰야 하거든요. 이게 비상 신호야.

지금도 혼자 있을 때는 밖에서 바스락 소리가 나면 머리가 쭈뼛해지죠. 그럴 때 우리 몸에는 아까 그림에서 봤던 그런 현상이 일어납니다. 손발이 떨리고 얼굴이 붉어지고 가슴이 두근거리고…

그것은 생존하기 위한 본능적인 반응입니다. 그런데 그것을 병이라고 생각하면 큰일이지. 정도의 차이는 있죠. 왜 유석씨는 그게 더 심해졌느냐? 그것은 유석씨가 그렇지 않으려고 연극을 했기 때문이야. 일부러 우스갯 소리도 했고, 아무렇지 않은 척 하기 위해 휘파람을 불기도 하는 등 의식적으로 노력을 했기 때문에 자율 신경을 더 흥분시킨 거야. 자극을 해서 병을 더 키운 거지!

유석씨의 착각은 거기에 있습니다. 여자 직원 앞에선 부끄러우니까 얼굴이 붉어지는 것이 당연한데도 남자로서는 도저히 그런 걸 보여주면 안된다고 생각했던 데 문제가 있었던 거야.

그렇다면 고치는 방법은 분명해집니다. 첫째, 두근거리고 떨리는 건 정상이다. 이것부터 인정하셔야겠고,

둘째, 정상이므로 창피할 것도 없다.

셋째, 그러니 숨길 필요도 없고,

넷째, 있는 대로 살아가야 한다. 떨리면 떨리는 대로! 그러면 다음 주 구체적인 숙제는 사무실 직원을 찾아서 자기 약점이라고 생각하는 것을 솔직히 털어놔요.

고유석 그 사람한테는 괜찮다 하더라도 다른 사람한테도 효과가 있을까요?

이박사 일단 한 사람한테 해보고 다음 시간에 다시 이야기하기로 합시다.

정선생 차마 못했다, 이것은 안됩니다.

고유석 어려울 것 같은데…

이우영 해야 한다는 원칙을 세워라!

이박사 여러분에게 구체적인 숙제를 한 가지씩 드리고 있습니다. 제일 어려운 것 말고 그래도 비교적 어려운 것, 거북살스러운 것부터 일부러 찾아 부딪쳐 보는 겁니다. 그리곤 차츰 어려운 상황으로 넘어 갑니다. 단계적으로 하는 거죠. 치료의 열쇠가 여기에 있습니다. 어떤 일이 있어도 해야 됩니다. 규문씨, 자기 문제를 고백하면 애인한테 딱지맞을 것 같아?

성규문 병신 같은 놈이라고 그럴 것 같아요.(웃음)

강운구 다른 날에 비해서 2~3배 정도 어려웠던 것 같습니다. 냄새가 날 때도 있고, 안 날 때도… 오늘은 더 심한 것 같아요.

성규문 영희씨, 운구한테서 냄새납니까?

이영희 냄새 안나요. 제 코가 개코인데요, 하나도 안나요.

김명선 지난주에는 제가 옆에 앉아 있었잖아요. 내가 냄새난다고 그랬어요?

이우영 강운구군, 본인은 냄새 맡아봤어요? 어떤 냄새가 나요? 땀 냄새?

강운구 예전에는 냄새가 나는 것 같이 느껴지면 긴장이 되면서 심해졌는데, 요즈음 그러려니 생각하니까 있다가 없어지고 그래요.

이우영 주위에서 가스 냄새 맡아본 적 있어요? 운구군이 스스로 난다는 냄새가 가스 냄새는 아닌지.

강운구 글쎄요.

이우영 글쎄요 하는 게 애매하다고. 가스 냄새가 분명히 나야 되는데 안 나잖아!

성규문 거기에 대해서 따져봤자 별 볼일 없을 것 같은데요.

대화 54
증상보다 생활에 더 신경을 써라
증상은 내버려두고 자기의 생활태도를 적극적으로 갖는 일이
곧 성공적인 치료를 위한 첫발이다.

이박사 여기 계신 모든 분들이 냄새가 안난다고 그러는데 본인들은 난다고 우기니 딱한 일입니다.

냄새란 이렇게 객관적인 것이 아니고 주관적이니까 본인이 난다고 하는 이상 달리 시비할 순 없습니다. 본인이 난다면 나는 거죠. 따라서 주관적인 생각이 달라지지 않는 이상 이 증상은 낫지 않습니다. 구체적으로 자기 입장이 바뀌어야 합니다. 왜냐하면 증상 그 자체는 어떻게 할 수 없으니까 그건 그대로 두고 자기 생활태도를 바꾸어야 합니다. 증상에 매달려 그것만 생각하다 보면 정신적 시야가 협소하게 되어 다른 건 생각할 수 없게 되죠. 따라서 내향적이고 소극적인 자세가 되기 때문에 증상은 낫지 않습니다. 더 악화될 뿐입니다. 적극적이고 전진적인 자세가 되어야 합니다. 증상은 있는 그대로 두고 자기 생활태도를 적극적으로 갖는 일입니다. 하는 일을 열심히 하고 공부를 열심히 하여 훌륭한

사람이 돼야 합니다.

그렇게 되면 정신적 시야도 넓어질 것이고 차츰 냄새쯤 문제가 되지 않습니다. 안나는 게 아니고 문제가 안된다는 겁니다. 같은 사물도 보는 입장에 따라 아주 달라진다고 여러 번 말씀을 드렸어요. 샘물은 연중 그 온도가 똑같습니다. 하지만 겨울엔 따뜻하게, 여름엔 차게 느껴집니다. 같은 냄새도 내가 서 있는 위치, 입장에 따라 아주 달라진다는 겁니다. 앞으로는 냄새 상대하지 마시고 인생을 상대하고 살아야 합니다.

운구군, 1년 5일 전부터 그랬다고 날짜까지 말했는데 학원에 나간다 그랬죠? 요즘 나가고 있습니까?

강운구 학원 그만두고 쉬다가 3월달에 시도했는데 보름 다니다가 때려치웠어요.

김선생 운구군, 학원에 등록할 용의 없어?

강운구 언제까지나 이러고 있을 수는 없으니까…

이박사 그렇지, 영식씨는 치료하는 도중, 4년만에 학원에 등록하고 한복판에 앉아버렸다구. 지금도 버티고 있는데…

우리가 인생을 살아가는 데 필요한 일이 있습니다. 또 하루를 생활하는 데 필요한 일이 있습니다. 가령 하루 생활하는데 필요한 일이라면 버스를 타는 일이고, 인생을 살아가는데 필요한 일이라면 운구군 같은 경우 학원에 가는 일입니다. 피하는 방법은 안된다고 그랬어. 운구군 숙제는 학원에 다시 등록을 하고 다시 나가야 돼. 증상이 없어지면 학원에 나가지 — 이건 안됩니다. 영식씨는 4년을 기다려도 안됐어. 운구군은 숙제가 다른 사람보다 조금 어렵겠어. 그렇지만 쇠뿔도 단 김에 뽑는 게 좋아. 더 기다려야 할 아무런 이유가 없어. 기다리면 기적이라도 일어날 것 같아? 천만에, 영식씨는 4년을 기다렸어. 영식씨는 수술까지 해봤지만 마찬가지였어. 기적은 일어나지 않습니다. 부딪치는 방법밖에 없습니다.

정선생 힘들 때는 영희씨가 개코라고 그랬지, 그러니까 개코도 괜찮았다, 이렇게 하고 버텨. 오늘 버스 힘들었다고 해도 타고 왔잖아. 버스는 뒤집히지도 않았고, 사람들이 도망가지도 않았잖아.

이박사 앞으로 학원 가려면 버스를 타야 해. 택시 타면 안돼. 학원비 들고 치료비 들고 부모님 골 빠진다. 그러니 버스를 타고 학원에 가서 공부하고 여기 와서 보고하세요.

이영희 저는 어제 아침 7시에 등교를 했어요. 시험 때라 도서실 앞에 애들이 많이 있는데… 순간 긴장이 되고 손발도 차가워지는 것 같고 했는데 그 당시 생각은 붉어져도 할 수 없다고 하면서 멋있게 빨개진다고 그럴까, 그런 마음으로 여유있게 쳐다보고 아는 사람 있으면 아는 척하려고 들어갔어요. 떨리긴 했지만 지나갔어요. 신기하던데요.

이박사 어쨌든 지나갔다!

이영희 비교적 편안하게 지나갔어요.

이박사 축하합니다. 다음 숙제는 그 앞을 지나가면서 아는 사람이 있으면 점심 먹으러 같이 가자고 권하고, 없으면 그만이고…

이영희 아는 사람이 있을 때는 얘기하고 하니까 빨개진다는 생각을 잊어버리는데.

이박사 아는 사람이 있나 없나를 확인하고, 얼굴이 상당히 붉어지려고 노력하는 겁니다.

이우영 사과처럼 예쁘게.(웃음) 노인들이 그런 얘기를 해요. 얼굴이 빨개야 예쁘다고 하잖아요.

임경직 학교 끝나고 나오면 학생들이 많으니까 버스가 만원이라 겁이 났습니다. 그러나 타고 다녔습니다. 일주일 동안 다녀봤어도 옆에서 냄새 난다는 표정은 못봤는데 저 자신이 괜히 그런 걸 생각하니까 몸에 열기가 뻗친다고 그럴까, 가슴이 뛰고 땀이 나니까 냄새가 나지 않을까 걱정이 됐습니다. 여름 방학 때 컴퓨터 강좌 듣고 싶은 마음은 있는데 자신이 없어요.

이박사 요즘, 강의 듣는 것은 괜찮습니까?

임경직 강의는 몇 명 안되기 때문에 괜찮죠.

이박사 거기선 경직씨가 냄새 나는 것 다 알고 있나요?

임경직 다 물어 봤어요. 안난다는 걸 확인했습니다.

이박사 경직씨는 그래도 영식씨나 운구군 보단 나은 것 같아요. 어려워도 할 일은 하고 있거든. 학교를 가고 있으니까. 그런데 경직씨가 특히 어려운 게 두 가지인데, 하나는 만원 버스를 못 탄다, 그래서 학교가 때로는 늦는다고 그랬죠.

임경직 일부러 늦게 나가요.

이박사 그 다음 한 가지는 꼭 들어야 할 컴퓨터 강좌인데…

임경직 겁이 나요. 냄새에 신경쓰다 보니 두통이 오고 뻣뻣해지고 온갖 잡념이 떠올라 공부도 안돼요.

이박사 경직씨는 냄새가 나도 잘 해왔습니다. 학교도 갔었고 공부도 다 했고 일상 생활을 잘 해나오셨습니다. 그러니까 앞으로도 하면 할 수 있다는 사실을 잊어선 안됩니다. 냄새에 신경이 쓰이면 두통이 온다고 하지만 해야 할 일은 해야 되는 겁니다. 사실 두통이란 지극히 주관적인 것이어서 이를 참고 견딘다는 것보다 두통과 함께 산다, 두통이 있어도 공부를 한다, 이렇게 되면 두통이 있는지도 없는지도 모르는 상태에 도달할 수 있습니다. 여러번 이야기를 했듯이 불안해도 일은 한다, 말하자면 불안과 함께 산다는 자세여야 해요.

불가(佛家)나 선(禪)에서는 불안을 불안으로 상대하지 않을 때 불안 즉, 안심이라고 합니다. 불안을 없애려는 게 아니고 혹은 두통을 없애려는 게 아니고 그것을 상관하지 않는 자세 즉, 거기에 저항하지 않는 자세, 이것이 중요하다는 거죠. 공부 시간에 잡념이 떠오른다는 것은 그걸 의식하는 것 자체가 잡념이죠. 그걸 떨쳐버리려고 생각하니 점점 더해지고 그게 잡념이 되는 거지만, 반대로 잡념을 이용한다는 자세도 중요합니다.

무분별의 경지

선(禪)에서는 불안을 불안으로 여기지 않을 때를 안심이라고 한다.
불안을 없애려하기 보다 상관않는 자세를 가져라.

공부할 때, 숙제가 잘 풀리지 않을 때 엉뚱한 잡념이 떠오를 수 있습니다. 그럴 때 잡념이다, 떨쳐버려야지, 이렇게 생각하니까 안 떨쳐지는 겁니다. 이게 인간의 역심리 현상입니다. 이것을 다시 역으로 이용하는 자세 즉, 잡념도 좀 적어 놓아 보세요. 어떤 것이든 좋습니다. 잡념이여 떠올라라, 하고 역으로 바라는 겁니다. 이렇게 될 때 이것은 창조의 샘이 될 수도 있다는 겁니다. 공부를 하다 보면 냄새 생각이 날 수도 있고 불안할 수도 있고 잡념이 떠오를 수도 있습니다. 그러나 그것을 제 마음대로 떠오르게 그냥 두고 또 가만히 저항하지 않고 그대로 두면 언젠가는 사라집니다.

이렇게 자연스럽게 흘러가 버리면 될 것을 우리가 자꾸 의식을 해서 잡념이다, 공부가 안된다, 두통이 온다, 불안하다고 의식을 하게 되니까 점점 문제가 되는 겁니다. 하지만 이것을 상대하지 않는다, 여기에 저항하지 않는다, 떠올라도 공부는 한다, 이런 자세 ─ 이것을 불가에서는 무분별의 세계라고 얘기하는 스님도 계시는데, 잡념도 잡념이 아닌 경지에 이른다는 거죠. 불안이 불안이 아니고 두통이 두통이 아닌 이런 세계, 이 경지를 무분별의 경지라고 이야기할 수가 있습니다. 물론 우리가 스님들이 이야기하는 그러한 경지까지 갈 수는 없지만 적어도 그러한 원리는 우리가 터득하고 유념해야 할 필요가 있습니다.

경직씨는 강좌를 듣고 싶은데 자신없다는 거죠. 그럼 숙제가 두 가지입니다. 버스 타는 것, 그리고 듣고 싶은 강좌를 신청하는 겁니다. 기다려 봐야 해결이 안됩니다.

임경직 마감이 끝났는데요.

이박사 일단 한 번 찾아가 보세요. 한 자리가 남아 있는지, 그 다음에 만원 차를 타십시오. 피하면 안됩니다.

김선생 학교는 방학을 했어요?

임경직 종강 다 했어요.

김선생 컴퓨터 강좌는 시내에서 하는 건가요, 아니면 학교에서 하는 건가요.

임경직 학교내에서.

이박사 내일 가서 확인하시고 자리가 없으면 담당 선생한테 찾아가세요. 가서 사정 이야길 하세요.

원형수 금요일 3~4시 정도 한창 졸릴 시간에 동료 직원하고 차를 한 잔 하러 갔는데 처음 얘기할 때는 잘 모르겠어요. 얘기를 하다 보니 화제도 없고 자꾸만 긴장되기 시작해요. 제가 마음의 준비를 미리 하고 가서 얼마 동안은 괜찮았는데 점점 가슴이 뛰고… 어려운 상대도 아니고 동료인데 몸이 뻣뻣하고 호흡이 곤란해지고 이렇단 말이에요. 화제가 딱 끊어졌을 때 「갑시다」하고 나가면 되는데 일종의 자존심, 오기인지는 모르겠는데, 그 사람이 가자고 할 때까지 기다리겠다, 그런 식으로 견디다 보니 나중에는 녹초가 되었어요.

대화 56
자기와 싸우면 지는 게 정한 이치

세상의 바보는 자기와 싸우는 자다.
왜냐하면 그 싸움은 승자가 따로 있을 수 없고 언제나 패배뿐이니까.

이박사 그럴 때 먼저 가자고 하면 마치 상대에게 항복하는 듯한 기분이 들어서 그런 겁니다. 불편한 걸 억지로 버틴 이유도 바로 그 오기 때문이지요. 쓸데없는 자존심이에요. 거기다 왜 자존심까지 들먹여야 돼요?

형수씨는 그때 내심으로나마 상대와 싸우고 있었습니다. 상대는 그런 것 저런 것 아무 의식없이 앉아있는 겁니다. 그 사람은 그냥 형수씨와의 대화에 열중하고 있을 뿐입니다. 형수씨는 그 사람과 싸운 게 아니고 자신과 싸움을 했던 것입니다. 세상에 바보는 자기와 싸우는 사람입니다. 그 싸움은 승자가 없기 때문입니다. 언제나 패배뿐입니다. 어느 한 쪽이 이긴다고 이기는 겁니까? 나머지 진 쪽은 누구입니까. 그것도 나 자신이라는 겁니다. 그러니까 자기와의 싸움에선 언제나 지게 마련입니다.

형수씨가 그 자리를 버티지 못해 나와도 진 거고, 끝까지 버텨도 진 겁니다. 어차피 지는 싸움을 왜 해야 합니까? 형수씨뿐 아닙니다.

여러분 모두 그렇습니다. 절대로 질 수 없다는 강한 오기가 있습니다. 그러나 그건 냉정히 분석하면 자신과의 싸움이라는 사실입니다. 그리고 형수씨의 또 한 가지 착각은 화제를 꼭 내가 이끌고 가야 한다는 생각입니다. 그것도 따지고 보면 경쟁의식이 빚은, 결국은 자기와의 싸움입니다. 그럴 땐 주도권을 상대에게 주고 자기는 상대의 이야기 전개에 따라 맞장구치고 응수하겠다는 자세를 가지면 편합니다. 좌중에서도 화제를 끌고 주도권을 잡고 끌고가는 사람이 좋은 듯 싶지만 너무 그렇게 휘두르면 결국 사람들이 싫어하게 됩니다.

조용히 남의 이야기를 잘 듣는 사람이 결국엔 인기를 얻게 됩니다. 그래 사무실에 돌아오니까 어때요? 좀 바보스럽다 싶은 생각이 들지요?

원형수 그쪽에선 눈치를 못 챘을 거라고 생각하는데… 그쪽도 불편했을 거예요. 화제가 잘 흘러가지를 못하고, 그쪽은 화술에 능숙한 사람인데 그 사람이 얘기해도 얘기가 자꾸 끊어지고 내가 긴장을 하는 것 같고 그러니까 재미없죠.

이박사 형수씨가 어디에 착각을 하고 있는 것 같습니까?

성규문 이야기할 게 없으면 가만히 있지요 뭐.

원형수 화제가 없으면 불편해요.

이우영 그것은 상대방에 대한 부담을 갖는다는 겁니다. 그래서 하고 싶지 않은 것도 꺼내놓는 거야. 공간을 메우기 위해서.

성규문 이쪽에서만 꼭 그 공간을 메워야 된다는…

이우영 그렇지. 바로 그거야. 나도 그랬습니다. 상대가 말을 안하면 내가 하고 싶지도 않은 말을 하게 돼요.

원형수 대화를 하면 자꾸 상대방의 시선을 의식하고 신경이 많이 쓰이니까 상대방의 얘기를 정확히 못듣게 되어 재미가 없고, 정확히 못들으니까 다음 얘기를 내가 받아주지를 못하고… 자세가 부자연스러워지고…

대화 ⑤⑦
「어떻게」가 아니고 「무엇을」

어떻게 이야기하느냐 보다 무엇을 이야기하느냐가 중요한데도, 이걸 반대로 생각하는 게 환자들의 공통점이다.

이박사 그러니까 형수씨는 대화의 내용보다 앉아있는 자세에 관심이 더 많았던 겁니다. 이야기를 하러 만난 게 아니고 얼마나 자연스럽게 의젓하게 앉아 있을 수 있나, 그 태도를 보여주기 위해 만난 것 같습니다. 불행히 그렇게 의젓하게 보이겠다는 의식이 강할수록 자세는 점점 부자연스러워집니다. 모든 주의가 자신의 앉은 자세에 집중되어 있으니 대화의 흐름이 어떻게 되어가는지 전혀 알 수 없죠. 우선 자신의 태도를 면밀히 관찰하는 그 태도부터 없애야 합니다. 그러기 위해선 상대의 이야기에 주의를 기울여야 합니다.

자세를 의식 안하려 할수록 점점 거기에 집중되기 때문에 주의를 딴곳으로 옮겨야 하는 겁니다. 대화의 내용으로 옮겨가는 겁니다. 물론 의식적으로 그렇게 하려는 생각은 마세요. 치료하기 위해 자세보다 이야기에 주의를 기울여야지—하고 의식적으로 한다고 되는 건 아닙니다. 다만 대화의 내용이 더 중요하기 때문에 거기에 전념해야 한다는 뜻입니다.

어떻게 이야기하느냐가 아니고 무엇을 이야기하냐가 중요합니다. 형수씨가 얼마나 의젓하냐, 자연스러우냐 하는 그 자세를 보여주러 만난 것은 아니잖습니까? 이야기의 내용보다 어째서 그게 더 중요하다는 겁니까?

원형수 그러네요. 그래도 이야기가 진행되는 동안은 나아요. 화제가 딱 끊기면 아주 죽겠데요.

김명선 저도 그럴 때 제일 애매하데요. 대화가 딱 끊겼을 때 책이라도 있으면 책 보는 시늉이라도 하겠는데 할말 다하고 난 후의 그 시간을 어쩔 줄 모르겠어요.

이박사 상대는 어땠을 것 같아요? 대화가 끊겼을 때.

김명선 상대방도 조금 불편해 하겠지요.

이우영 불편하게 봤으니까 불편했겠지요.

원형수 제가 얘기를 하면서도 부담을 갖는 것이 상대방하고 얘기를 해서 그 사람이 재미있어야 하는 거 아니에요? 서로 얘기해서 기분 전환을 하고 가야 될 텐데 내가 얘기를 재미있게 받아주지를 못하니까 부담만 주는 것 같아요.

이박사 거기에 또 문제가 있네요. 화제가 궁할 때 특히 여자와 있을 때 더 불편해지는 이유가 뭐냐. 동료하고 있을 때는 책임이 반반이야. 여자하고라면 아무래도 책임이 남자쪽에 더 많거든. 여자들이야 빼물고 앉아 있으면 되는 거니까. 그러니 대인 공포증도 적지. 여자들은 부담을 덜 느끼거든. 그리고 남녀를 불문하고 사람이 많을 적엔 책임이 분산되기 때문에 침묵에 빠지면 조금 어색하긴 하지만 내 잘못인 듯한 기분은 덜 들지요. 사람이 만나면 적당한 화제가 있는 게 자연스럽고 그게 끊어졌을 때는 어색한 게 당연한 겁니다. 거기다 형수씨 같은 경우는 한술 더 떠서 상대방을 즐겁게 해줘야 된다는 겁니다. 원 참, 형수씨가 기생이요?(웃음) 만나는 사람마다 모두 즐겁게 해줘야 되게!

착각도 이만 저만이 아닙니다. 모든 사람을 즐겁게 해줘야 된다는 무슨 의무감에라도 빠져 있는 사람 같아. 물론 우리 모두는 인기가 있고 싶어합니다. 그 사람 참 재미있다, 유머 센스가 있더라, 이런 소리를 듣고 싶어하죠. 따라서 화제가 궁하면 불편한 건 사실입니다. 그렇다고 해서 내가 그 사람한테 피해를 줬을 것이다, 굉장한 부담을 줬다, 이렇게 마치 큰 죄나 진 것처럼 부담스럽게 생각할 필요가 뭐 있느냐는 거죠.

김명선 저도 그게 문제더라구요.

이박사 어쨌든 만인의 애인이 되어야 하는 콤플렉스, 여기서 벗어나야 돼. 어떤 경우에도 나는 이야기를 잘해야 되고 남에게 호감을 사야 되고, 재미있는 사람이 되어야 하고… 항상 그렇지는 못해요. 그렇게 안되는 사람도 있습니다. 그렇게 되고 싶다는 것과 그렇게 되지 않으면 안된다는 강박증은 다릅니다. 내가 여러번 지적을 했지요. 되고 싶다는 소망과 되지 않으면 안된다는 의무감과는 다르다는 사실을!

대화 ❺❽
「Must」병

어떤 경우에도 나는 이야기도 잘하고 남에게 호감을 사야 한다는
강박증에서 벗어나야 한다.

이 점을 여러분 모두가 몇 번이고 확인하고 넘어가야 합니다. 중요한 것은 그렇게 되려고 노력을 하기 때문에 긴 안목으로 보면 차츰 인간관계가 좋아지는 건 사실입니다. 문제는 너무 철저한 데 있어요. 욕심이 너무 많아. 사람에게 좋은 인상을 주고 재미있게 하는 것도 적절한 수준에서 해야 되는데 이게 너무 지나쳐. 그런 욕심이 부담감을 주는 겁니다. 이상을 너무 높게 설정해 놓았기 때문에 실제로는 그만하면 잘했는데도 자기 생각엔 형편없이 못했다고 불만입니다. 열등감은 그래서 생기는 겁니다. 현실적으로 불가능한, 아주 높은 곳에 이상을 설정해 놓았으니 될 수가 없지요.

그게 형수씨뿐 아니고 여기 있는 모든 사람의 문제점입니다. 그 높은 이상이 노이로제의 근원이 되는 겁니다. 형수씨, 어때요. 그만하면 됐잖아요?

원형수 글쎄요. 아무래도 꺼림칙한데요.

이박사 좋습니다. 그럼 형수씨 숙제는 그분하고 한 번 더 만나

보십시오. 만나서 커피 대접을 하고 그 사람에게 「보소 김형, 난 말 주변이 없어서… 난 참 김형이 부럽소. 난 김형 이야기를 들을 때마다 재미있고 기분이 참 좋은데 내가 무뚝뚝하니, 김형은 재미가 없죠?」 하고 털어놓으십시오. 그 양반 이름이 뭐라고 그랬어요.

원형수 강연수.

이박사 강연수씨를 초대해서 그 얘기를 하는 겁니다.

곽재건 오늘 시험 한 과목 치르고 별다른 고통은 없고, 다시 그전 상태로 돌아가지 않느냐 이런 걱정을 해요.

이박사 수업도 다 하시고 학교도 나가시고 시험도 잘 봤고 할 것은 다 하면서 고통은 고통대로 있고.

곽재건 머리가 이상해질 것 같아요.

정선생 1인3역을 하시는데도 비정상이라면 정상일 때는 1인 몇 역을 해야 되나요?

곽재건 결혼 청첩장 찍고 시험보고 학교 생활하고 대학 생활하니까 나 자신에 대해서 생각할 시간이 별로 없죠.

김선생 결혼 날짜를 잡았나요? 축하합니다. (일동 박수) 아이들 시선은 어떠세요?

곽재건 당당히 맞서니까 두렵지 않아요. 아이들이 시선을 피하더라도 나 때문에 그런 건 아니다, 그런 생각을 하니까 두려운 생각이 없어졌어요.

이박사 재건씨는 스스로가 잘 하시는 것 같아. 지난 시간에는 약혼자한테 자기 문제를 솔직히 털어놓고 드디어 결혼도 결심했고 그 다음에는 시선을 피하지 않고 똑바로 보고 강의도 하셨고…

곽재건 하다 보면 고개를 숙이는 아이들이 있어요. 내 시선 때문에 그런 게 아니다, 네가 피곤하니까 그런 것이다, 그러니까 편해요.

이박사 그것도 그렇고 학생들은 선생님이 똑바로 보면 숙이게 돼있습니다. 숙이는 게 정상이야.

정선생 빤히 쳐다보면 그게 정말 곤란하죠.

이박사 선생님하고 눈을 딱 마주보고 버틴다면 그건 문제 학생이지. 순경 보면 괜히 가슴이 두근거리듯이 초등학교 때는 선생님만 쳐다보면 괜히 떨리거든. 무슨 죄나 진 듯이, 잘못했기 때문에 선생님이 나를 보나 싶어서 숙이는 게 당연한 겁니다.

신선희 윗분께서 저쪽에 계셨어요. 거기까지 가려면 사람들 앞을 지나가야 되는데 긴장이 되고 정신이 아득하고 근데 마음을 진정시키고 거기까지 가서 말을 했는데 얼굴이 빨개지고… 별일 아닌 걸 내가 왜 이러지? 하고 생각해 보지만 컨트롤이 안돼요.

이영희 저도 회사 다닐 때 비서직이었는데 너무 똑같았어요. 이사님께서 멀리 계시면 사람들 앞을 지나서 모셔와야 되는데…

신선희 저는 양면성을 띤 것 같아요. 활달한 면도 있고 명랑한 면도 있는데, 내 성격은 원래 그런 것 같은데… 뭔가 나를 순간적으로 제한하는 것 같아요. 나 아닌 내가 나를 꼼짝 못하게 한단 말이에요.

이박사 나 아닌 내가 나를 꼼짝 못하게 하는 또 하나의 내가 있다 — 이렇게 표현을 했는데 그놈이 발동을 안 할 때는 내가 명랑하고 그놈이 발동을 하면 브레이크를 딱 걸어가지고 꼼짝 못하게 한다… 자, 그게 뭘까? 선희씨, 그 분석을 잘해내야 됩니다. 그 정체가 뭔가를! 사무실이 넓어요?

신선희 굉장히 넓어요.

이박사 굉장히 넓은데 가서 모시고 왔나요?

신선희 안갈 수 없잖아요. 하지만 제가 부자유스런걸 느꼈어요.

이박사 그때 사람들이 선희씨를 보고 있었나요?

신선희 시선을 의식했으니까 보고 그랬겠지요.

이박사 순동씨의 경우도 큰 사무실에 딱 들어섰을 때 사람들이 바쁘게 움직이느라 나를 안볼 때는 편해. 그런데 누군가가 나를 본다고 생각하면 그 순간 딱 얼거든! 그게 나 아닌 나야. 자기속에 브레이크를 거는 것이 있는 것 같은 그런 생각을 하게 되죠. 자, 그 브레이크가 왜 걸리나? 그게 뭐냐? 선희씨, 남자들이 많은 사무실 한복판을 한국 여성이 지나간다 — 시선을 의식하지 않고 갈 수 있을까요?

신선희 그냥 가서 「찾으십니다」하고 말씀드리면 되는 건데 시선을 의식할 필요가 뭐 있겠어요.

마음 속의 브레이크

마음속에 행여 남의 시선을 의식할 필요가 없다는 생각이 있다면
그 생각을 도려내야 한다.

이박사 시선을 의식할 필요가 없다, 그게 잘못된 것 아닐까
요? 당연히 의식해야지. 혹시 치마에 주름이 갔는지, 뭐가 묻었
는지, 회사의 꽃이라고 하는 비서 아가씨가 그런 걸 의식하지 않
고 사무실 안을 왔다갔다할 수 있나? 만일 의식할 필요가 없다고
생각한다면 그게 브레이크를 거는 요인입니다. 원인은 그거야.

의식 안해야 된다고 마음먹고 갔는데 막상 가다 보면 시선이
의식되거든. 바로 그 순간「아, 또!」하곤 몸이 굳어지거든. 얼굴
만 붉어지나? 걸음걸이도 자연스럽지 못하지. 그게 제동을 거는
겁니다. 선희씨가 말한 나 아닌 또 다른 나의 정체가 바로 그것입
니다. 그걸 없애는 방법은, 「시선이 의식될 것이다」「그러니 좀
떨리겠지」「그래도 간다」 이런 자세여야 합니다. 남자들 여럿이
앉아 있는데 할머니 같으면 그래도 덜하겠지. 그리고 미국 아가
씨라면 내가 말을 안하겠어. 여긴 한국인데, 의식해야죠.

선희씨, 시선을 의식할 필요가 없다는 그 생각을 도려내야 돼.
선희씨 숙제는 그 사무실을 다시 지나가야 돼. 일부러 가야 돼.
그리곤 떨리고 얼굴을 붉게 해가지고 시선을 의식하려고 노력을
하고 갔다와야 돼.

신선희 해보겠어요. 볼일이 없어도 갔다와야 된단 말이죠?

이우영 많이 나아진 것은 확실합니다. 요새는 해가 떠 있어도 자신있게 들어갑니다. 막 웃으면서 들어갑니다. 그러니까 아낙네들이 고개를 숙여요. 그러니까 더 자신이 생기죠. 전에는 내 얼굴을 빤히 바라보더니, 이번엔 내가 보니까 자기네들이 숙이더라고. 그 차이야! 그런 순간의 생각의 차이가 치료라는 겁니다. 제가 써놨어요. 「의식의 왜곡」 그걸 써놨어요. 내가 자꾸 흥분이 되는데 너무 나아서 흥분이 되는 겁니다. 의식이 왜곡된 것입니다. 제가 요즘 이걸 절실하게 깨달았어요. 이 다섯 자를 음미하고 공부를 하니까 왜곡된 의식이 약간 펴진 겁니다. 무엇 때문에 의식이 왜곡됐느냐, 너무 잘하려고 했기 때문에 왜곡이 된 거야.

욕심을 부리지 마. 욕심을 버리고, 있는 그대로 받아들여요. 솔직하게… 한달 전만 해도 깜깜해야 제가 아파트를 들어갔습니다. 의식의 왜곡, 이것을 음미하고 해석을 하니까 증상이 낫는 겁니다.

이박사 지난 번에도 자만이라는 말씀을 해주셨는데 아직도 자만기가 좀 있는 것 같아요. 가령 아줌마들이 있을 때 남자가 너무 빤히 쳐다봐도 실례 아닙니까? 가볍게 목례 정도 하고 가는 것이 적절하지 않을까요? 아줌마들이 고개를 돌릴 정도로 너무 빤히 쳐다봐서는 안될 것 같아요.

우영씨가 너무 노려보듯이 쳐다본다는 것 그 자체가 아직 의식을 하고 있다는 증거입니다.

이우영 하, 알겠습니다. 난 또 당당하게, 그러면 좋은 줄 알고 했는데,(웃음) 말씀 듣고 보니 그것 역시 오버액션이네요. 겸손!

이것은 저번에 원형수씨하고 얘기를 했는데 성격개조니 하는 것 있지 않습니까? 갈 필요 없습니다. 이박사님이 하는 것은 분석을 하지 않습니까? 문제를 발췌하고 규명을 해야 치료가 되는데, 그런 학원에 가면 막 밀고 나와요. 무조건 나가라 이거야. 우리처럼 핸디캡을 안고 있는 환자들이 어떻게 밀고 나갑니까?

계순동 불편한 일이 없습니다.

이박사 어떻게 불편한 일이 없어?(웃음) 뭐가 있어야 되는데.

계순동 이것 쓸 때만 불안해요.(웃음)

성규문 그럼 안나오는 게 낫겠어요.(웃음)

계순동 그러다가 어려운 상황이 닥치면 그런 증상이 나타나요.

이박사 순동씨는 일상 생활하는 데는 별 문제가 아닌데 남 앞에서 연설을 해야 된다든가, 신부 친구들 앞이라든가, 조금 특수한 상황에서 어려워지는 것 같아요.

순동씨 숙제는 어렵다고 생각하는 상황을 일부러 하나 만들어야겠습니다. 그리곤 얼굴도 붉어지고 말도 떨리고 그렇게 하려고 노력을 하세요. 현실적으로 가능한 일, 가령 부하직원을 모아놓고 앞으로 우리 과의 문제를 의논하든가…

계순동 저번에 신부 친구들하고 집들이를 갔는데 전혀 불편없이… 재미있게 놀고 그럴 때는 괜찮았어요.

이박사 그러다가 어느 순간 이상하다 싶으면 그때부터 바꿔지는 거야. 그때는 나 아닌 내가 브레이크를 거는 거지. 순간이야. 신부 친구가 나한테 커피를 권한다든가, 그러면 그 순간부터 떨리고 이런 겁니다. 다음 시간에는 반드시 어려운 상황을 일부러 만들어야 됩니다.

정선생 상당히 노력을 해야 건수를 만드실 것 같은데요.

이박사 5분 스피치라도 준비하세요. 자기가 일하는 건설회사 자랑…

현기성 사무실에서 하기식을 하는데 뒤에서 누가 쳐다보는 느낌이 들더라구요. 태극기를 안보고 내 뒤를 보는 것 같아서 떨리데요. 아까 욕심을 갖지 말라고 그랬는데 욕심을 안가지면 남자가 어떻게 돼요. 지지 않는다! 이런 게 어려서부터 몸에 배었는데!

이우영 지나친 경쟁의식을 갖지 말자는 이야기 아닙니까?

이박사 기성씨, 내 뒤에서 많은 사람들이 내 뒤꼭지를 쳐다보고 있다면 안 떨릴 사람이 있겠어요. 뒤꼭지가 흔들리는 것 같고, 이상하게 등허리가 근질근질할 텐데… 그럴 때도 아무렇지 않아야 된다는 게 욕심이라는 겁니다.

현기성 어렸을 때는 아무렇지도 않았잖아요.

이박사 그렇습니다. 어릴 적엔 우리 모두 괜찮았습니다. 문제는 청소년 때 시작합니다. 왜냐하면 그때부터 본격적인 사회생활이 시작되기 때문입니다. 모든 게 어색합니다. 어떻게 처신해야 할지도 잘 모릅니다. 그러면서도 의젓한 사람으로 보이고 싶은 겁니다. 속으로는 떨리는데 말입니다. 남보다 잘나야겠다, 지면 안되겠다, 인정을 받아야 되겠다 — 이게 모두 욕심 아닙니까?

이런 욕심이 클수록 행여 실수라도 하랴! 긴장이 되고 떨리게 될 건 당연한 일입니다.

성규문 맞아요. 나도 중졸 이후 떨리기 시작했어요. 의젓해야 할 자리에선 더하거든요!

현기성 떨릴 때 제 자신을 관찰하는데 조금 심한 것 같더라구요.

이박사 기성씨 숙제는 하기식 할 때 제일 앞자리에 서는 겁니다. 굉장히 뒤꼭지를 의식하고 떨리도록…

기성씨하고 순동씨하고 비슷한 것 같아. 일부러 그런 상황을 만들어 가지고 더 부자연스럽고, 더 떨리고 얼굴이 붉어지도록 일부러 만들어야 됩니다. 지금까지는 당하는 입장에 서 있었는데 이제는 내가 만드는 겁니다. 여러분이 오늘 받은 숙제는 지금까지 내가 당했지만 이젠 그런 상황을 일부러 찾아 만들어서 부딪치는 겁니다. 그럴 때 어떤 차이가 있겠느냐, 어떤 현상이 일어나는가, 이것을 모두 다 스스로 체험하는 겁니다.

곽재건 일부러 아이들을 집중시켰어요. 내 눈을 똑바로 쳐다봐라, 그리고 수업을 해보니까 증세가 굉장히 좋아지던데요.

이박사 오늘 전부 주어진 숙제는, 지금까지 그 상황을 당하기만 하고 피하기만 하려고 연극을 했고 위장을 했고 선글라스도 끼고 농담도 하고 아닌 척하려고 그랬는데, 이제는 그러지 말고 일부러 그런 상황에 부딪치는 겁니다. 그리고 증상을 숨기려 말고 있는 그대로 드러내 보이도록 하는 겁니다. 그럴 때 어떤 차이가 나느냐 ― 이것을 여러분 스스로가 체험을 하고 다음 시간에

체험담을 이야기합니다. 이야기만 듣고 이론만 터득한다고 되는
건 아닙니다. 실행하고 체험하셔야 됩니다. 실행해보지 않은 이
론은 그림의 떡입니다. 물론 이 과정은 쉽지 않습니다.

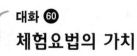

대화 60
체험요법의 가치

체험은 주관적인 것이어서 스스로 경험해보지 않고는 말로써 전달되지 않는다.
오직 행(行)으로써만 깨달음을 얻듯이.

여러분이 제일 두려워하고 피하고 싶었던 상황을 일부러 찾아
나서 부딪친다는 건 힘든 일입니다. 고통스럽기도 할 겁니다. 하
지만 그게 증상을 치료해 준다는 사실을 잊어선 안됩니다. 편안
한 기분으로 쉽게 치료할 순 없을까? 미안하지만 그런 방법은 없
습니다. 해보세요! 여러분이 생각하시는 만큼 어렵지 않을 수도
있습니다. 의외로 쉽더라는 몇 사람의 경험담도 우린 이미 들었
습니다. 이 치료를 체험요법이라 부르고 싶은 까닭도 실제로 해
본다는 게 그만큼 중요하기 때문입니다.

불도(佛道)도 행에 의해 오(悟)를 얻는다고 했습니다. 행해야
깨달을 수 있다는 이야깁니다. 이게 지식과 체험의 차이죠. 지식
이란 책으로 얻을 수도 있고, 이야기를 들어도 되기 때문에 남에
게 전승될 수도 있습니다.

문명이 발달하는 것도 이런 지식의 전승, 축적, 증대가 가능하

기 때문일 겁니다. 그러나 체험은 주관적인 것이어서 스스로 경험하지 않고는 말로써 전달이 되지 않는 특징이 있지요. 예수나 석가도 체험에 의해 성인의 경지에 이른 겁니다. 그게 만약 지식으로만 되는 일이라면 예수나 석가보다 더 훌륭한 사람이 많이 탄생했을 겁니다. 문명이 발달하듯이. 하지만 그 경지는 고행을 함으로써만 이루어질 수 있는 일입니다.

그리고 또 한 가지 숙제는 지금까지 우리가 했던 것을 정리해 보는 것입니다. 여러분들이 제일 어려웠다고 생각하는 상황을 구체적으로 한복판 칸에다 써놓으세요. 지금까지 내가 했던 것을 분석해 봅시다.

지금까지는 비합리적인 방향, 즉 아래쪽으로 내려왔는데, 그러나 그것을 돌이켜보면 위쪽으로 생각할 수도 있다는 겁니다. 아래쪽으로 내려온 것은 「나는 그렇게 하지 않으면 안된다」고 생각하기 때문이죠. 「나는 남보다 인기가 있어야 된다」 이것은 비합리적인 생각입니다. 「남보다 인기가 있고 싶다」 하는 것과 「남보다 인기가 있지 않으면 안된다」고 하는 생각은 다른 거죠. 기왕이면 남보다 잘나야 되겠지. 그러나 남보다 잘나고 싶다 하는 희망과 남보다 잘나지 않으면 안된다 하는 의무와는 다르다는 거죠. 그 생각이 어느 쪽으로 가느냐에 따라서 지옥이냐, 낙원이냐의 갈림길이 되는 겁니다. 지금까지 여러분들은 지옥에서 고생했는데 위쪽 방향, 즉 합리적인 방향으로 생각할 수 있으면 낙원에 가는 겁니다.

그럼 다음 시간에….

〈단순형의 인지 과정〉

결과 또는 느낌
별로 기분이 좋지는 않았지만 그렇게 비참하지는 않았다. 경험이 쌓이면 나아지겠지.(반성, 노력, 희망)

합리적 사고
윗 사람 앞에서는 남들도 좀 떨리겠지. 윗 사람 앞에서 떨리는 게 대수로운 일은 아닐거야.

합리적   낙원행

사건 또는 상황
예:윗 사람이 옆에 있어서 손, 가슴이 떨리고 심장이 뛰고 얼굴이 붉어져 일을 제대로 못하고 자리를 피해 버렸다.

비합리적   지옥행

비합리적 사고
MUST병:이런 일이 절대 있어서는 안되는데 오해:상사는 나를 형편없다고 생각할거야. 확대:나는 항상 그럴 것이다. 자기비하:난 역시 안되는구나.

결과 또는 느낌
우울하고 비참하다. 차라리 직장을 그만두어야 겠다.(좌절, 실망, 우울)

〈가해형의 인지과정〉

결과 또는 느낌
상대방이 나 때문에 불편해 하는 것은 아닐 수 있다고 생각하니 그렇게 비참하지는 않았다.

합리적 사고
나의 주관적 느낌일 뿐 확인된 사항은 아니다.

합리적 낙원행

사건 또는 상황
예:수업 시간에 선생님과 눈이 마주치니까 선생님이 불편해 하시는 것 같았다.

비합리적 지옥행

비합리적 사고
①내 시선이 이상한 것 같다. ②내 시선으로 인해 선생님께 피해를 주고 있다. ③남들이 나를 기피하는 것 같다.

결과 또는 느낌
상대방에게 미안하다. 도저히 학교를 못다니겠다.

〈체험한 사건의 인지 과정〉

결과 또는 느낌

↑

합리적 사고

합리적　↑　낙원행

사건 또는 상황

비합리적　↓　지옥행

비합리적 사고

↓

결과 또는 느낌

〈숙제5-2〉

　힘든 상황에 대한 역할 연습을 준비해온다.

1)해야 될 일이면 피하지 않고 한다.

　(할까 말까 망설이면 불안은 커진다)

2)시작하기 전에는 누구나 불안하고 긴장된다.

3)잘하려고 노력은 하되 MUST는 안된다.

4)증상을 인정한다.

5)너무 잘하려고 하지 않는다.

　(실력대로, 있는 그대로 보여준다)

6)실수할 수도 있다.

7)어떻게 하느냐 보다 무엇을 하느냐(내용이)가 더 중요하다.

8)필요하면 광고기법을 사용한다.(서툴다, 경험이 없다고 미리 얘기한다)

9)내가 생각하는 나와 남이 보는 나는 차이가 많다.

　(스스로 생각하는 것보다 잘 하고 있다)

10)경험이 쌓이면 나도 잘 할 수 있다.

정선생 지난주 어려웠던 상황을 대처하고 난 후의 합리적, 비합리적 생각을 분석해보는 숙제부터 먼저 하지요.

이우영 나만 나아지는 것 같고, 효과가 있는 것 같아서 시작하기 전에 몇 분한테 물어봤어요. 솔직하게 얘기하자, 나만 나아지는 것 같아서 미안하다 ― 그랬더니 몇 분이 나아진 것 같다고 그러는데 저는 많이 나아진 걸 느꼈고, 실제 생활에 큰 도움이 되고 있습니다. 아파트 들어가는 건 거의 문제가 되지 않고 있습니다.

원형수 동생 결혼식이 얼마 안 남아서 제수씨가 집에 가끔 들락거리는데 식사시간이 되면 의도적으로 내가 기피합니다. 배부르다, 배 아프다는 핑계를 대고 피해요. 제수씨나 식구한테 밥먹는 데 손 떠는 걸 보이고 싶지 않은 거죠. 가장의 체면상 어떤 때는 참고 같이 먹지만, 그쪽도 어렵고 저도 어려운데 저 때문에 분위기도 그런 것 같고, 구겨넣다시피 하니까 소화도 안되고…

그리고 직장에서 어려운 사람이나 제가 특별히 점수를 따 둬야 될 사람 앞에선 떨리는데… 제가 그분들을 너무 어렵게 보기 때문이 아닌가, 그쪽도 나와 같은 사람인데 그쪽은 높이 평가해주고 반대로 나 자신을 비하하는 열등감 때문에 그렇지 않은가 생각했습니다만, 이 경우 합리적인 생각이 뭔지 잘 모르겠습니다.

이박사 내가 너무 상대를 어렵게 생각했기 때문에 상대적으로 나 자신을 비하시켰다, 그래서 조금 떨리고 그랬지 않느냐 하는 생각인 것 같습니다. 형수씨는 한번도 합리적인 생각을 안했기 때문에 어떻게 하는 것이 합리적인지 몰랐다고 그러는데…

잘 생각해 봅시다. 여하튼 밥을 못먹었다, 그리곤 돌아와서 아이고 바보야! 하면 비합리적인 생각입니다. 그렇게 생각하는 이상 점점 더 바보스럽고, 다음에는 더 어렵고 더 떨리고 더 못먹게 되는 악순환이 되풀이됩니다.

형수씨 경우 합리적인 생각은, 「상대를 너무 어렵게 생각했기 때문에 다소 떨리는 것은 할 수 없지. 조금 떨리더라도 그래도 함께 밥이나 먹으면서 이야기를 하자. 조금 떨리는거야 이해하겠지」 이렇게 생각을 하는 것이 합리적이 아닐까요? 떨린다는 것은 병이 아니고, 이 경우 상대에 대한 어려움, 존경의 표시니까 떨릴 수도 있다, 그러니까 그런대로 같이 밥먹고 있어야 된다는 게 합리적인 결론입니다.

김명선 저도 여러 사람하고 밥먹는 자리가 제일 괴롭습니다. 지난주엔 구역 예배 끝나고 아주 스무드하게 밥을 먹었어요. 그런데 원선생님은 평소에 차분하셔서 괜찮을 것 같은데…

저는 약간 덜렁거리는 편이기 때문에 페이스를 조금 늦춰봤어요. 밥을 먹으면서 목사님하고 대화도 하고 이러니까 아주 스무드했거든요.

원형수 원래는 밥먹는 페이스가 늦었는데 이 증상이 나타나면서부터 빨라졌어요.

김명선 저도 그랬거든요. 반찬도 멀리 있는 것은 못먹고 제 앞에 있는 것만 먹고 그랬거든요. 손을 내밀 수가 있어야지요. 떨리고 하니까! 페이스를 늦추니까 조금 여유가 생겨요.

원형수 마음이 불안하고 조급하게 되니까 빨리 먹고 나가야 되고, 그러니까 그냥 막 구겨넣는다고. 소화도 안되지, 동작은 빨리 할수록 마음이 급해지니까 더 뒤죽박죽이 되는 거죠.

고유석 집에 식사하시는 분위기가 어떠세요?

원형수 다른 식구들은 괜찮은데… 이번에 장가가는 동생은 어렸을 때는 그 녀석이 나를 어려워해서 밥을 같이 못먹었는데 군대를 갔다와서 직장 생활하고 그러다 보니까 이상하게 제쪽에서 그 동생이 어려워요. 그 녀석만 들어와서 같이 밥상을 받게 되면 아주 어려워요. 동생한테 이런 얘기를 하기도 뭐하고, 그 녀석도 조금은 눈치를 챈 것 같아요. 그래서 의도적으로 나를 편하게 해주기 위해 저녁을 먹고 들어오고 늦게 들어오고 해요. 그 녀석이 다 아는 것 같으니까 나는 더 멋쩍기도 하고 그 녀석하고 합석이 되면 아주 불편해요. 제수씨도 덩달아서 불편해진 거죠.

고유석 분위기가 너무 조용하면 더 어려워지잖아요?

원형수 그래서 의도적으로 TV 앞으로 밥상을 가져가요. TV를 보면서 저쪽에서 나 식사하는 데 신경쓰는 걸 분산시키려고. 재미없어도 그쪽으로 유도하면서 먹는데 그런데도 시선이 자꾸 가요. 상대방이 보지 않는가 살피죠. 나랑 비슷한 방향으로 시선이 가도 찔끔해서 손이 떨려요.

이박사 자꾸 연기를 하는 겁니다. 안 떨리는 척하려는 연극의 클라이맥스다. 빨리 먹는 것, 그것도 연기죠. TV를 보는 척하는 것도 연기고. 어쨌든 연기를 잘해서 자기 약점을 숨기긴 잘했습니다. 아무도 몰라요. 나만의 비밀입니다. 이렇게 연기를 잘하면 숨길 순 있지만 그렇다고 근본 문제가 해결되진 않아요. 그럴수록 점점 더 떨리죠. 연기를 한다는 것은 일종의 가면이지 그게 진짜 내 모습은 아니거든요. 사실은 떨리는 사람이, 안 떨리는 척 아주 용감한 척 가면을 쓰고 있는 거죠.

고유석 저는요, 다방에서 맞선을 보는 자리에서 커피에 설탕을 넣기가 어려워 블랙으로 먹었어요. 그것도 괜찮던데요.(웃음) 그리고 생각하니까 사내가 하찮은 일로 헤매고 있구나, 나약하다는 생각이 들었어요. 앞으로 가정을 갖고, 사회에서 중요한 일을 맡아도 이런 상태로는 할 수 없을 것이다. 장래에 대한 자신이 없어요. 때로는 과시해가지고 의도적으로 잘난 척하려고 그랬기 때문에 자신없는 그런 걸로 고민하는 게 아닌가, 솔직한 나 자신을 보여준 게 아니고 나 자신을 꾸몄기 때문에 단단한 기반이 없어서 마음이라든가 모든 게 불안한 상태로 빠진다, 다른 사람보다 멋있게, 완벽하게 하고 싶은 그런 마음이 있었기 때문에 긴장을 안해도 될 걸 긴장해서 습관적으로 조그마한 일에도 그런 증상이 생겼다… 지난 주에도 실험을 하는데 상사가 들어왔습니다. 순간, 떨리면 어쩌나 싶어 두려웠고 자신있는 내 모습을 보여야 될텐데 큰일났다, 그래서 끝난 양하고 나와 버렸어요. 나와서 생각하니 바보스런 생각이 들었고 합리적으로 생각할 여유도 없었습니다.

이박사 유석씨도 지금까지 비합리적인 악순환을 계속 되풀이해서 온 겁니다. 내 속에는 합리적인 생각을 하는 파트도 있고, 비합리적인 생각을 하는 파트도 있습니다. 모든 게 잘 돼가다가 어느 한 순간 비합리적인 생각에 딱 걸리면 그만 얼어버립니다.

실험을 마저 했어야 되는데 상사가 왔기 때문에 떨릴까 싶어서 미처 못했지만 다음엔 어려워도 잘하자, 안그랬으면 좋았지만 떨리는 걸 어떻게 하느냐, 상사 앞이라 다소 떨릴 수도 있는데 지나치게 과민반응을 한 것 같다 — 이것이 합리적인 생각이죠.

정선생 꾸며진 나를 보였고, 자꾸 그러려다 보니까 힘들었어요. 형수씨도 명연기를 하다 보니까 힘들었단 말씀이신 것 같은데 우리 옛말에 거짓말 한마디를 유지하기 위해서 천마디의 거짓말이 필요하다는 얘기도 있지 않습니까?

이박사 연기를 하다 보면 연기하는 데 너무 급급해서 내가 진짜 할 일을 못하게 되거든요. 떨려도 할 일은 해야지요. 상사 눈치, 여자 눈치보랴, 연기하랴, 거기다 신경을 쓰다 보니까 원래의 목적 즉 실험이라는 목표를 잃어버렸거든. 어떤 일이 있어도 목표를 향해 매진해야 합니다. 떨려선 안된다지만 그건 마음먹기 나름입니다.

하는 일에 마음을 쏟는다

행복해지기 위해 일하는 것이 아니라 일을 하다 보면 행복이 따라 온다.
치료 또한 마찬가지다.

만일 유석씨 동생이 다쳤다, 응급실에 업고 가야 될 긴박한 상황이 생겼다고 가정해 보세요. 「병원에 가서 간호사 앞에서 떨리면 어떻게 하지?」 이런 생각이 떠오르겠습니까? 떨리지도 않거니와 그런 생각도 안납니다. 왜냐하면 응급실에 업고 가야 한다는 목표에 모든 주의가 집중돼있기 때문입니다. 까짓 자질구레한 일들은 신경이 쓰이지도 않습니다. 이런 원리를 잘 생각하시면서 평소에도 「할 일은 한다」는 목표에 초점을 맞추어 전진하다 보면 증상들은 의식할 여유도 없습니다.

그러나 치료하기 위해서 그렇게 한다는 생각일랑 말고 일을 열심히 한다는 일념으로 하세요. 그러면 치료는 2차적으로 되게 돼 있습니다. 어디까지나 일이 목표고 치료는 뒷전입니다. 부자가 되기 위해 일하는 게 아니고 일한다는 건 인간으로서 기본입니다. 하늘이 내린 사명이기도 합니다. 열심히 일하다 보면 돈은 절로 들어오게 돼있습니다. 행복해지기 위해 일하는 것이 아니고 일 자체를 즐겨 하다 보면 행복은 나중에 저절로 따라오는 겁니다. 여러분도 모두 치료하기 위해 일한다는 생각 마시고 일은 해야 하기 때문에 하는 겁니다. 치료한다는 의식을 하면 또 치료가 안됩니다. 일한다는 목적의식으로 일에 임할 뿐입니다.

신선희 식당에 가다가 기획부 사람들을 만났는데 아주 어려웠어요. 나한테 실망할 것 같아서 불안했지요. 그런 게 자꾸 반복이 되니까 내가 언제까지 버틸까 아주 극한 상황까지 생각되고 낙오자가 될 것 같아요. 부담없이 편한 마음으로 식사를 하면 괜찮을 것 같은데…

대화 ❻❷
노이로제, 그 악순환의 고리

비합리적인 생각의 출발은 비합리의 회오리를 만든다.
노이로제의 치료는 이 악순환의 고리를 끊는 데 있다.

이박사 그건 자기 바람이야. 소원이 합리적인 생각이 될 수는 없어요. 「너무 밥을 어렵게 먹었다. 참 바보스럽다. 이러다간 극한상황까지 갈지도 모른다. 앞으로도 계속 이럴 것이다」 이러한 일련의 생각들이 비합리적이란 뜻이야. 우리가 조금 더 그 상황을 합리적인 방향으로 분석하면 어떻게 볼 수 있을까? 우선, 그 상황을 객관적으로 봅시다. 기획부 직원들이나 상사들, 별로 친한 사이도 아니잖아요. 대개 얼굴은 보고 알지만, 조금 어려운 자리니까 조심스럽겠지. 허둥대고 먹다가 보니까 체했는가 보다, 그래선 안된다는 게 아니고 좀 그럴 수도 있다, 내가 여자고 자기들끼리는 다 친한 사이고, 그러니까 그 상황이 조금 어려웠겠지, 내가 너무 얌전해서 그렇다, 차츰 잘하도록 노력하자 — 이런 식으로 생각해야 하는 게 합리적이 아닐까요? 아이고, 바보야! 사주는 점심도 못먹고 이러면서 언제까지 버틸래 — 이러니까 점점 지옥 속으로 빠져들어 가는 거야.

합리적인 생각이라는 것은 건설적이며 그 경우에 적절한 생각을 말합니다. 어렵다는 상황을 있는 그대로 인정하는 자세입니다. 전혀 안떨려야 될 텐데 바보야, 왜 그렇게 떨려가지고 밥도 못먹었냐 — 계속 이런 비합리적인 생각들의 회오리 속으로 빠져들면 영영 헤어나올 길이 없습니다. 그걸 「노이로제의 악순환」이라 부릅니다. 그 악순환의 고리를 끊어야 낫습니다. 그건 합리적인 생각을 함으로써 끊을 수 있다는 겁니다.

신선희 정신이 없어요.

이우영 범에 물려가도 정신은 차려야지.(웃음)

이박사 그렇습니다. 아주 냉철해야 합니다. 그냥 막연히 난 으레 그러려니 하는 맹목적인 자세에선 언제나 그 꼴입니다. 왜 이렇게 되었을까를 냉철히 분석하여 이를 합리적인 방향으로 고쳐먹어야 합니다.

임경직 친구들 모임에 갔는데 자리가 다 차고 여자 옆자리가 하나 남아 있었어요. 친구가 그쪽에 앉으라고 권했는데 못 앉겠데요. 서 있는 게 편하다고 했죠. 끝내 앉지 못했어요. 옆에 앉으면 기분 상하게 하지 않을까, 앉으라는 말이 나왔을 때 그 생각부터 먼저 들었어요.

계속 서 있다 보니까 나 자신이 비참하게 여겨졌습니다. 평소에도 친구가 여자 소개시켜 주겠다고 그러면 무조건 싫다고 그러죠. 속마음은 나가고 싶은데, 제 고민이 드러날까봐 겁부터 나고, 두렵고… 무조건 이성간의 모임은 피했습니다. 병이 없을 때는 그런 모임에 자주 나갔는데, 애들이 변했다고 그런 말 많이 하죠. 결과는 불편했고, 비참했고, 빨리 떠나고 싶었다 — 어떤 게 합리적인 판단인지 서질 않아요.

강운구 그 상태에 순응하는 것 이외에는 방법이 없다고 생각합니다.

이박사 순응한다는 것은 무슨 뜻이죠?

강운구 혹시 그런 증세가 나타나도 어쩔 수 없다고 하는…

이박사 그래요. 냄새 좀 나는 것 어떻게 하겠나, 전혀 냄새 안 나는 사람 어디 있어! 상대방에게 호감을 사고 싶은 자리면 자리일수록 더 앉기가 힘들죠. 내가 여자에게 호감을 사고 싶다는 욕심이 강할수록 냄새가 난다는 기분은 더 강해지게 마련입니다.

임경직 그때는 별로 그런 기분은 느끼지 않았습니다. 이성이라는 생각조차 안들었으니까요.

이박사 그건 자기 합리화야. 여자라는 생각조차 안들었다는 건 그 자리에 못 앉은 자신의 못남을 변명하기 위한 것이지 경직씨의 진심은 아닐 거야. 상황을 합리적으로 보고 판단하는 생각과 자기 약점을 변명하는 합리화와는 아주 다릅니다. 경직씨는 모든 인간관계에서 깔끔한 인상을 주고 싶기 때문에 냄새가 난다고 생각하거든. 성격도 깔끔하고 생기기도 깔끔하게 잘 생겼어요. 합리적인 생각은 「냄새가 나더라도 앉을걸! 못 앉았다고 하는 것은 남에게 피해를 주고 싶지 않은 배려의식이 너무 강해서 그렇다. 실례가 되는 한이 있더라도 적당한 사회생활은 할 수 있도록 해야 되겠다」 어떤 의미에서는 헛배짱이지만 냄새가 난다는 사람의 입장에서는 이게 합리적인 생각이죠.

성규문 조치원에서 용산까지 기차 타고 왔습니다. 옆자리에 한 50대 돼보이는 사람이 탔는데 전 같으면 약점이 있으니까 얘기하기 싫었을 테지만, 그 사람도 같은 사람인데 하고 얘기를 하다 보니까 마음에 드는지 그 사람이 소주를 사줬어요. 전혀 증상이 안나타나던데요.

{ **대화 ❻❸**
「합리화」와 「합리적」의 차이

합리화란 어떤 점에서 자기의 진심을 속이는 일이다.
상황에 대한 합리적 판단과 변명을 위한 합리화는 다르다.

이박사 인간적으로 탁 털어놓고 그러니까 안나타나더라… 좋은 체험을 했습니다. 애인 앞에서도 그랬지요. 연기를 하려다 보니까 깊은 인간관계가 안되고 벽이 쌓이는 걸 느끼게 되죠. 그게 인간관계의 저해 요인입니다. 가면이나 허세는 자기 진심이 아니거든요. 솔직하게! 진지하게! 연기할 것도 없고 허세를 부릴 것도 없고 그대로 대하니까 굉장히 자연스럽더라! 좋습니다.

계순동 저번 일요일 친구 결혼식이 있어 대구에 내려갔는데 그 친구 부모님 뵌 지 6년쯤 되었거든요. 인사를 드리는데 조금 당황하고 얼굴이 빨개지는 것 같은 느낌이 들었어요. 그 전 같으면 그 정도 될 적엔 먼 산 쳐다보고 이야길 했거나, 어물쩡 인사도 안 하고 피했거나… 그리고는 바보같은 놈이라고 나를 꾸짖거나 후회하는 등 비합리적인 생각을 했을 텐데… 여기서 합리적인 이야기만 들어서 그런지 나만 그러냐, 남들도 그럴 거다, 좀 떨리는 거야 할 수 없지… 이렇게 생각이 들데요. 그러니까 괜찮았어요.

이박사 비합리적인 생각이 안떠올랐다 하는 것은 참 잘된 일입니다.

계순동 여기 와서 자꾸 합리적인 이야기만 들으니까 세뇌교육이 된 것 같아요.(웃음)

이박사 친구 부모님을 만났는데 어려운 자리 아닙니까? 오래간만에 만났으니까 얼굴이 붉어지고 당황할 수 있겠지. 이게 합리적인 생각입니다.

계순동 영어회화 시간인데, 앞에 나와서 발표를 하는데 상당히 어려워요. 세번째 시간까지는 어려웠지만 매일 쭉 하니까 아주 마음이 편해지고 날아갈 것 같은 그런 기분이었는데, 중간에 2~3일 빠지고 나가니까 또 어려운 마음이 들어요.

한 두 번 빠지다 보니까 나중에는 못하겠다 싶어 그만 뒀는데 여기 모임도 매일 만나면 상당히 괜찮을 것 같은데 일주일에 한 번씩 만나니까 이야기 처음 할 때는 당황하고…

이박사 일상 생활처럼 기계적으로 되면 괜찮은데 조그만 변화라도 오면 그 변화를 의식하기 시작하죠. 전혀 새로운 일을 시작하는 그런 기분이 듭니다. 여기 계시는 분들은 그런 상황에 아주 민감합니다. 매일 만나는 친구들은 괜찮은데 딴 사람이 끼어들면 아주 분위기가 달라지죠. 다른 사람들은 인사하면 그만인데 자기는 그 사람이 계속 의식이 되고 전혀 새로운 분위기 같은 기분이 들거든.

현기성 대학교 다닐 때 아르바이트를 했는데 그때도 지금처럼 살짝 떨리데요. 학생이 절 보고「선생님 떠세요?」그러는데 되게 당황되데요. 담배 한대 피우고 하니까 괜찮았는데 지금도 그게 남아 있는 것 같아요. 지워지질 않고. 남들도 다 떨지만 남들은 연기도 잘 하고 가면도 쓰는데 저는 그것을 못하니까 딱하지요.

이박사 연기가 시원찮아서 그래.(웃음)

현기성 연극학원 다니고 있어요.(웃음)

이박사 기성씨는 결재 받을 때 어렵다고 그랬는데 그 경우에 합리적인 생각이라면 어떻겠어요?

현기성 어떻게 보면 제 뿌리인 것 같은 생각이 들어요. 어렸을 적부터 현씨는 양반이라느니, 넌 틀림없이 잘된다느니, 그런 얘기를 많이 하데요. 사람이 잘되고 못되고간에 남들한테 떳떳할 수 있어야 된다고! 그러다 보니까 완벽해지려고 하고 안 떨리려고 하다 보니까 떨리는 것에 집착되고 확대하는 것 같아요. 그래서 상사 앞에 가면 떨리는 게 아닐까요?

이영희「도서관 앞에 모여 있을 때의 상황」, 거길 못지나가 점심을 굶고 나면 나는 왜 이렇게 바보같을까, 다른 애들은 전혀 안 그러는데 나만 그런 것 같고 이래가지고 시집갈 수 있을까, 나 하나 책임 못지는데 잘해낼 수 있을까, 그러고 나면 울적하고 살고 싶지 않고 이럴 바에는 아예 죽어버릴까, 수녀가 될까, 별 생각이 다 들어요. 비합리적인 생각의 연속이었어요. 고구마 줄기처럼 문제가 주렁주렁 따라 일어나는 거예요. 그러나 여기서 여러가지 말씀을 듣고 난 후부터 제 생각은 많이 달라진 것 같아요. 합리적으로 되어가는 것 같아요. 아직 완전하진 않지만…가령, 사람들 많은 곳에 가면 붉어질 수 있지, 내가 남들 앞에서 너무 잘나 보이려고 애를 쓴 게 아닐까, 그만큼 순수하고 아직은 저 사람들보다 때가 덜 묻은 탓이겠지, 남들 앞에서 굳이 잘나 보이려고 애쓸 필요도 없고, 있는 그대로 나를 보이면서 약하면 약한 대로 순수하게 살아가자는 생각을 했어요. 그전 같으면 어림없는 생각들을 하게 된 거죠.

이박사 영희씨는 자기 문제를 아주 잘 분석한 것 같습니다. 어떤 것이 합리적이고 어떤 것이 비합리적인 것인지, 지금까지 내가 비합리적인 와중에 있었기 때문에 점점 문제를 악화시켰다는 것까지 이해를 잘 하고 있는 것 같습니다.

여러분이 지금까지 한 이야기를 종합해 보면, 비합리적인 생각이 무엇이며 또 그 결과 어떻게 된 것인가를 대체로 잘 알고 있는 것 같습니다. 그러나 합리적인 생각에 대해서는 사람마다 의견이 다른 것 같습니다. 합리적인 생각의 출발은 어려운 상황을 맞아 내 욕심만큼 잘 되진 못했지만 어쨌든 했다는 사실을 인정하는 것입니다. 얼굴이 붉어지고 떨리고 했지만 그 정도는 어려운 상황이니까 어쩔 수 없다 어려운 상황에서는「그럴 수 있다」는 것을 먼저 받아들여야 됩니다. 이게 합리적인 생각의 출발인데 그래서는 안된다고 생각하는 게 문제죠. (떨어서는 안돼! 그래서는 안된다고 생각하는 그게 바로 비합리적인 생각의 출발입니다) 제가 계속 강조하는 것은 그래서는 안된다는 게 아니고 그럴 수도 있다는 겁니다. 떨릴 수도 있고 얼굴이 붉어질 수도 있어. 좀 냄새나는 듯한 기분이 들 수도 있어, 누구든지 그럴 수 있다는 사실 — 이것부터 우리가 인정을 해야 돼요. 지금까지는 피했다, 그러나 떨릴 수 있다고 생각하면 피해서는 안되죠. 그렇게 함으로써 떨리더라도 한 번 해보자 하는 합리적인 결정이 나오는 겁니다. 그 다음 단계는 상황이 끝나고 난 후의 사후대책입니다.「아이고, 그것도 못한 병신이 앞으로 뭘 하겠나?」이렇게 자기 장래를 어둡게 점치는 게 비합리적인 연속입니다. 이래서는 악순환의 고리를 끊을 수가 없습니다.「그래, 욕심만큼 잘 되진 않았어. 내가 너무 수줍어서 잘 안됐지만 앞으로 경험이 쌓이면 잘 할 거야」합리적인 생각은 이럴 겁니다.

낙원이냐, 지옥이냐는 생각을 어느 쪽으로 하느냐에 달려있습니다.

성규문 애인보고 제 얼굴 표정이 변하느냐 알아보라는 게 숙제였어요. 나오라고 했더니 나오자마자 큰오빠 집에 가자고 그러는 거예요. 저는 표정에 자신이 없기 때문에 전 같으면 피할 텐데, 가보자 해서 막상 가서 얘기해 보니까 아무렇지도 않았습니다. 비합리적으로 생각하면 이 자리를 빨리 모면했으면 하고 생각했겠죠. 그러나 사람은 다 비슷한데 너무 나만 집착하지 말자, 그 결과 사회생활이 별로 어려움 없이…

이박사 애인을 일부러 만나 표정을 이상하게 한 후, 자기의 표정이 어떠냐고 물어보라는 게 숙제인데, 그럴 기회도 없이 오빠 집에… 저번에 애인이 가자고 했을 때 규문씨가 피했지? 이번에는 가니까 아무렇지도 않더라―그게 중요한 겁니다. 왜 규문씨가 아무렇지도 않았을 것 같아요? 사람을 처음 만나면 표정이 딱딱해지고 이상해진다 ― 이게 규문씨 고민인데 이번엔 왜 괜찮았지?

성규문 어떻게 되나 한 번 해보자! 숙제하는 기분으로!

이박사 규문씨는 어쨌든 애인한테 창피를 당할 각오를 하고 간 것입니다. 오늘은 여하튼 결판을 낸다, 내 표정이 어떤지 물어보겠다, 기왕 창피를 당하는 건데 애인 앞이면 어떻고 오빠 앞이면 어떠냐, 기왕 이 길로 나섰으니 하는 그런 자세, 어떻게 돼도 좋다 하는 자세 ― 그게 규문씨를 살린 거야. 애인 오빠니까 내가 잘 보여야 할 텐데 하고 억지로 의젓한 척하려고 했더라면 또 떨리고 부자연스럽고 표정이 굳어졌을 거야. 규문씨는 그 차이를 잘 이해할 수 있어야 돼.

정선생 현기성씨는 하기식 때 제일 앞에 서서 떨리려고 노력을 해봐라 그랬는데…

현기성 떨리려고 마음을 먹어봤지요, 맨 앞에 서서. 그런데 요즈음 계속 예비군 훈련을 받으니까 옷을 걸레같이 입잖아요. 그래서인지 별로 그런 데 신경이 안 쓰였어요.

이박사 제복의 마술이죠. 걸레같은 옷이라 했는데 그걸 입으니까 마음도 걸레같이 허술하게 되던가요?

현기성 아무래도 그렇게 되지요. 좀 대범해지고 용감해진다고 그럴까!

이박사 실수도 좀 해도 괜찮을 것 같고!

현기성 그렇지요.

이박사 바로 그 점입니다. 걸레 같은 제복, 허술한 마음, 실수해도 괜찮다… 이런 것들이 기성씨 긴장을 풀어준 겁니다. 신사복 차림으로 긴장돼 있을 때와의 차이를 생각해 보세요.

신선희 아침에 출근해서 마음을 편하게 누그러뜨리려고 노력했는데 그렇게 된 것 같아요.

이박사 그게 잘못 된 거야.(웃음) 지난번 숙제는 편하게 하려고 누그러뜨리라는 게 아니었어. 반대로 어렵게 하라는 숙제였는데.

신선희 어디 가자고 그러면 약속이 있다고 피하는데 그렇게 안하려고 해도 안돼요.

대화 ❻❹
살아있는 동안은 사는 일 이외 달리 없다

살아있는 동안은 사는 일 이외 달리 없고 죽을 때는 죽을 수밖에
달리 없다는 선가(禪家)의 말을 음미해 보라.

이박사 피해선 안된다고 했지요. 어떤 일이 있어도 눈앞에 있
는 일을 피해선 안됩니다. 사람 만나기가 힘들어도 만나야 합니
다. 그래야 경험이 쌓이고 시야도 넓어지고 위축된 마음이 전개
될 것 아닙니까? 이러면 이럴 것인데, 저러면 저럴 것인데 하고
요모조모 따지지 말고 뛰어드는 겁니다.

선가(禪家)에 이런 말이 있습니다.「살아있는 동안은 사는 일
이외 달리 없고, 죽을 때는 죽을 수밖에 달리 없다.」주어진 상
황, 현재를 열심히 살아야 한다는 이야기죠.「생명을 다해 현재
를 살지 않으면 큰 손해를 본다」고 덧붙이고 있습니다. 앞뒤 너
무 재지 말고 부딪치는 겁니다. 선희씨, 더 기다릴 것 없습니다.
내일은 누가 가자고 하기 전에 자기가 초대하세요.

힘들다고 생각하는 사람하고 커피 한 잔 하세요. 가만히 앉아
있다가 누가 점심 먹으로 가자 그러면「아이쿠 죽었다」싶은 기
분이 드는 것과, 내가 스스로 초대하는 것과의 차이를 느껴야 합
니다. 그것을 경험하는 것이 중요한 치료죠. 자기의 심리적인 상
황을 스스로가 터득할 수 있습니다. 기성씨하고 선희씨는 평소에
피하고 싶은 상황을 일부러 만드는 겁니다. 친구를 불러서 커피
를 마시든지 저쪽에 가서 일거리를 만들어서 일부러 그 앞에 가

든지, 더 어려운 상황에 나를 처하게 만드는 겁니다. 실제로 하는 단계는 이렇습니다.

첫째, 일부러 어려운 상대를 불러 만나세요.

둘째, 다소 불편한 것이다, 떨릴 것이라고 기대하고 가세요.

셋째, 떨리려고 가급적 노력하세요.

넷째, 만일 떨리거든 「제가 떨려서…」라고 솔직히 털어놓으세요.

고유석 어려운 점을 동료들한테 이야기해보고 어려운 상황을 찾아보라고 하셨는데, 여기 오기 전에 우리 과장님한테 말씀드렸지요. 차마 동료들한테는 말을 못하겠어요. 동료들은 경쟁의식도 있고 민망하기도 하고, 이상하게 생각하여 캐묻지나 않을까 해서 말을 안했습니다. 과장님은 도저히 안 믿는 거예요. 회사에서의 생활을 보면 도저히 그럴 수 없다면서 안 믿는 거예요. 그렇게 이야기할 수 있는 용기에 사실 나 자신도 놀랐어요. 하고 나니 후련한 기분이 들었지만 저녁에 가만히 생각해 보니까 내일 아침 그 사람 얼굴 볼 수 있을까 걱정돼요. 후회도 되고요. 그러나 다음날 만나니까 아주 편하데요. 오후에 여기 오기 위해 일찍 나올 적에는 빨리 가라고 얘기를 해주시고, 그러니까 이야기한 것에 대한 부끄러움보다 힘이 되었지요.

이야기 잘했다고 생각했습니다. 그 다음 어려운 상황을 두 가지 했는데, 방안에 선배와 아가씨가 있어요. 전같으면 안들어갔는데, 에라 숙제를 하자 하고 들어갔어요. 그런 마음으로 들어가서 그런지 전보다 긴장이 덜 되데요. 옆에서 이야기도 가끔 하고, 그런데 그 아가씨가 내가 하는 일을 계속 보고 있는데 이상하게도 그 날은 안떨려요. 그래서 내가 하고 싶은 일을 다 하고 무사히 끝냈죠. 여기서 치료를 받은 게 굉장히 도움이 됐던 것 같아요. 처음에는 긴장을 했지만 숙제라고 생각하고 내가 준비한 말다했고, 나중에 끝나고 나서도 비참한 생각은 안들었습니다.

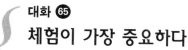

대화 65
체험이 가장 중요하다

어렵고 힘들 것이라 지레 겁을 먹은 그 상황이 이상하리만큼
쉽게 느껴지는 기분은 체험해 봐야만 안다.

이박사 유석씨는 숙제를 충실하게 잘 했습니다. 그 경지는 체험하지 않고는 말로써 표현하기 힘든 겁니다. 그렇게 어렵고 힘들 것이라고 지레 겁먹었던 그 상황이, 내가 일부러 찾아 부딪쳤을 때 이상하리만큼 쉽게 느껴지는 그 기분은 체험해보지 않고는 모릅니다. 유석씨는 그 차이를 확실히 느낀 것 같습니다.

축하합니다. 아주 힘든 고비를 넘긴 셈입니다. 다음에는 유석씨가 한 번 더 용기를 내가지고 그 아가씨하고 탁 털어놓고 커피를 사면서 이야기를 하는 것도 방법입니다. 그러나 꼭 권하지는 않겠습니다. 유석씨 스스로가 「떨린다는 건 창피한 일이 아니다」고 진심으로 그렇게 느낄 수 있을 때까지는 그 아가씨한테 굳이 이야기할 필요는 없을 겁니다. 확신이 서지 않는 한 이야기해 놓고 나면 후회가 될 수도 있기 때문입니다.

이영희 도서실 앞을 지나가면서 아는 사람 있나 찾아보라는 게 숙제였는데 종강을 해서 애들이 없었어요. 대신 힘든 버스를 탔어요. 학교 종점에서 타면 사람도 적고 기다리거나 그런 게 없어서 모르는데, 조금 걸어 내려오면 사람이 많을 것 아니에요. 그래서 일부러 숙제하기 위해 그쪽으로 가서 타려고 갔는데 거기도 그날은 사람들이 별로 없어서 한결 수월했어요.

이박사 휴우! 살았다 싶었죠?(웃음)

이영희 내려가는 것도 저한테는 힘들었던 경우이거든요.

이박사 일부러 찾아서 한 경우입니까?

이영희 제가 종점에서 타도 되는데 숙제하러 내려간 거지요.

이박사 그래, 간 것까진 잘했는데 사람들이 적어「살았다」싶은 게 잘못된 거야. 적어서 오히려 실망을 해야지. 숙제를 못하게 되었으니까. 어려운 상황을 일부러 찾아서 해야 되는데 그걸 못하게 되었으니 실망이 돼야지. 영희씨는 다시 해야겠어. 어려운 상황을 일부러 찾아 하는 겁니다.

강운구 저번 모임이 있던 다음날 학원 등록을 했어요. 그리고 힘든 상황을 찾아서 극장 중앙에 앉아보고 1년 몇 개월 만에 처음으로 식당에 가서 음식도 먹어보고 그랬는데 전에 비하면 정말 거의 괜찮은 거예요. 오늘 학원도 두 타임 듣고 왔는데 중앙에 앉아야 했는데 거긴 못앉겠구요, 가장자리, 사람이 웬만큼 있는데 가서 들었는데 증세가 안나타나요. 그래도 혹시 증세가 나타나면 어쩌나 생각을 하다 보니까 공부가 잘 안돼요. 그래서 두번째 타임에는 아예 끝으로 가서 앉았어요.

이박사 혁명적인 사건이 많이 생겼네. 축하합니다. 극장, 식당도 가고 강의도 듣고, 여하튼 냄새가 난다는 기분이 완전히 사라지기를 기대하면 안됩니다. 특히 여름철 같은 경우 냄새나지 않겠느냐 하는 신경은 다소 써야 합니다. 전혀 없을 순 없다, 좀 나는 거야 할 수 없지… 하는 자세로.

김명선 제 숙제도 가장 어려운 사람 만나서 물어보라는 것이었어요. 리스트를 뽑아 너댓명을 만난 것 같아요. 그동안 내가 상대하기 어려웠고 많이 비비는 것 같았던 친구 둘을 먼저 만났어요. 술을 사면서 자세히 봤더니 별 이상한 걸 못 느꼈어요. 「야, 이상한 것 없어?」 그랬더니 「이 자식 이상하네, 뭐가 이상해?」 하고 되받아 묻더라구요. 그래서 아, 이 녀석들은 아무것도 못느끼는가 보다, 그래서 다시 「나에 대해서 어떻게 생각하냐?」 하고 물었더니 「겸손해서 좋더라」는 거죠. 내가 기대했던 것하고는 아주 다른 방향이야. 물어보려고 생각하니까 눈이 시원하고, 별 이상이 없어 똑바로 정시할 수 있었거든요.

그 다음 한 단계 높여 선배인데 그분만 보면 정시를 못하고 그분이 유독 많이 비볐어요. 물어볼 것이다 하는 마음으로 갔죠. 이상하게도 그날 따라 그분도 별로 비비지를 않데요. 조금 어렵긴 했지만 그래도 눈이 시원하게 얘기를 했거든요. 그래서 물어보진 않았어요. 이제 실마리가 조금 풀리는 것 같아요. 그러나 재발했어요. 목사님과 여럿이서 식사를 하는데 마음 자세가 무방비 상태로 사람을 만나니까 눈이 침침해지고 사람들이 또 비비고 그러는 것 같았어요. 내가 물어봐도 되겠다 하는 사람한테는 괜찮았는데 숙제가 끝나고 방심하니까 눈에 힘이 가해지고 상대방이 비비는 것 같아요.

이박사 앞으로 그 원리를 잘 이용하면 치료가 됩니다.

김명선 그게 실마리인데 그렇다고 일상생활을 그런 자세로 살수는 없잖아요?

대화 ❻❻
악습은 조건반사화된다

오랜 병이 하루아침에 고쳐지진 않는다.
나쁜 습관이란 거의가 조건반사화돼 있으므로.

이박사 눈을 비비게 하도록 유도를 하는 자세로 사는 겁니다. 명선씨의 오랜 습관이 사라질 때까진 그렇게 살아야 합니다. 나쁜 습관은 거의 조건반사처럼 돼있습니다. 사람을 보는 순간 눈을 비빈다, 또 피해를 줬구나 하는 이런 연쇄반응이 몇 년 동안 일어났으니까 이게 하루아침에 교정되진 않습니다.

이제 그런 악순환이 왜 일어나는가 하는 원리를 깨친 데 불과합니다. 치료의 전기가 마련된 것이지 치료가 끝난 건 아닙니다.

앞으로 실생활에 이 원리를 응용해서 계속 치료해 나가야 합니다. 방심하다간 또 옛날의 못된 버릇이 재발합니다. 그리고 설령 재발되었다 하더라도 그 다음 순간 우린 이를 합리적으로 사후 대처를 할 여유가 있어야 합니다. 「재발했구나. 내가 또 긴장을 한 모양이군. 오랜 습관이니까 어쩌다 실수는 있을 거야. 다시 숙제하는 기분으로 생활하면 나아질 거야」이렇게 합리적인 생각을 할 수 있어야 합니다.

김명선 피해를 준다는 생각이고 박사님은 피해를 줘봐라 하는 생각 아닙니까? 그 자세로 살라는 말씀이신데!

이박사 상대방에게 피해를 주고 있다는 건 명선씨 생각이지, 아무도 객관적으로 그걸 인정을 안했잖아요. 그걸 명선씨 스스로가 체험을 통해 증명했잖아요.

원형수 제가 긴장을 해서 재미없게 만든 그 사람을 다시 불러 차 대접을 하라, 이게 숙제인데 그 친구를 불렀지요.

「일주일전에 나랑 차 마실 때 분위기를 기억할 수 있느냐?」고 그랬더니 얼떨떨한 눈으로 나를 쳐다보더니, 자기가 무슨 말실수라도 했느냐, 이러면서 자꾸 딴 방향으로 얘기를 해요. 「그런 게 아니고 나한테 이상한 것 못 느꼈느냐?」고 구체적으로 물어봤거든요. 그 친구는 전혀 그런 걸 몰라요. 오히려 자기가 말실수를 했다고 생각하고 솔직히 얘기해 달라고 그러더라구요. 제 문제를 털어놓고 얘기를 하려다가 그쪽에서 전혀 눈치를 못챈 것 같아서 화제를 돌려 다른 얘기를 하다가 돌아왔어요. 그날은 전처럼 불편한 걸 모르겠고 즐겁게 얘기를 하다가 왔는데 어떻게 그럴 수 있었는지 이유를 잘 모르겠어요.

이박사 사람을 만나면 즐겁게 해줘야 된다고 하는 강박의식, 형수씨가 떨리는 이유 중 하나도, 식탁에 앉으면 즐거운 분위기 속에서 화기애애하게 먹어야 한다, 남에게 항상 그런 인상을 줘야 한다, 이렇게 생각하니까 더 부담스러워져서 떨리는 겁니다. 그게 비합리적인 생각이거든. 항상 즐겁고 화기애애할 수는 없죠. 형수씨는 항상 웃는 가면, 남을 즐겁게 해줄 수 있는 그런 연기만 하려다 보니까 언제나 초조해질 수밖에! 내 연기가 잘 돼가는지, 상대가 눈치를 안챘는지… 배우가 연기를 끝낸 후 평이 나올 때까지 초조하게 기다리듯이 형수씨는 언제나 그런 기분이야. 저 사람이 돌아가서 나를 어떻게 평할까, 이 생각만 하고 있으니 끝나고 난 후에도 신경이 쓰이거든.

어쨌든 그 사람과 지난번 처음 만났을 때 형수씨 연기는 잘했어요. 자기는 못했다고 생각하지만 관전평은 잘 나왔잖아요. 그 사람도 깜박 속았거든.

원형수 그랬어요. 그쪽에서는 전혀 눈치를 못챘어요.

이박사 멋진 명연기를 했다는 사실이 증명이 된 거지. 못챘으니까 잘됐다 싶겠지만 사실은 그게 형수씨 문제야. 연기를 하고 있는 이상 그 사람하고 만나면 또 불편해지는 거 아닙니까? 조마조마하거든.

임경직 컴퓨터 강좌를 신청하는 건데, 학교에 물어보니까 강좌 시작할 때 알아보라고 해서 못했습니다.

이박사 물어보고 자리가 없으니까 다행이다 싶었나요?

임경직 다행이라는 기분은 못느꼈는데요.(웃음)

이박사 자리만 있다면 하겠다는 자세는 가지고 있었나요?

임경직 그건 필요한 것이에요. 다음 숙제는 만원 버스 타라고 그러셨는데, 이번에는 정문으로 가는 만원버스를 일부러 탔는데 탁 올라가자마자 제가 실험대에 올라 있는 기분 같아요. 괜히 눈치만 보게 되고 눈동자를 어디에다 두어야 할지 몰라요. 일부러 창문 있는 데를 봤는데 그때는 제 주변에서 어떤 반응이 일어난다는 걸 못 느꼈어요. 아침이고, 제가 매일 샤워하고 속내의를 갈아입거든요. 숙제도 있고 해서 사람 많은 가운데로 들어가야 되는데 그건 못하고 구석에 서 갔지요.

이박사 하긴 했는데 치료 효과가 만족스럽지 못합니다. 그 이유는 경직씨 자세가 반신반의였기 때문이야. 완전히 하려고 계획적으로 덤비는 그런 자세가 아니고, 가급적이면 버스가 만원이 아니었으면 좋겠다 하는 희망이 마음 한구석에 있었어. 「좋아, 오늘은 한다」는 그런 완전한 자세가 아니었기 때문이야. 경직씨의 다음 숙제는 친구 만나는 것, 경직씨는 친구를 만날 생각을 하면 그때부터 땀이 나고 화끈거린다고 했지요?

임경직 예, 일단 밖에서 만나자고 그러면…

이박사 만나는 그 자체가 어려운 게 아니고 만나는 과정이 힘들어서 그러는 거죠? 이번에는 친구를 불러요. 그리고 버스를 타고 나가 커피를 마시고 놀다 오는 겁니다. 숙제를 하기 위해서 일부러 한다 하는 자세가 아주 강해야 합니다. 그것이 확실해야 합니다. 반신반의가 아니고.

계순동 (자기 회사 소개 5분 연설)

김선생 순동씨 어떠세요? 지금 말씀하시고 나서 기분이. 내가 생각한 것 다 말씀하셨어요?

계순동 괜찮은데요.

정선생 그 정도면 됐다 싶습니까?

계순동 시작할 때는 상당히 불안했어요. 그래서 떨린다고 이야기를 하고 나니까 어느 정도 가라앉아 그런 대로 마친 것 같아요.

김선생 떨린다고 하고 나니까 부드러워지더란 말이죠.

계순동 그전에도 많이 써먹었어요. 「아, 떨리네요」 하고 나니까 낫더라구요.

이우영 아주머니들한테 인사를 하는 게 숙제. 요즘 제 태도가 너무 자신있어 보여서 그런지 인사를 하려고 그러면 다 피해서 그럴 기회가 없었어요.(웃음)

정선생 인사를 대놓고 하는 것보다 목례만…

이우영 딱 마음먹고 있으니까 모두 피해버린 것 같아요.(웃음) 그런데 제 앞에 요즈음 큰 숙제가 떨어졌습니다. 제가 직원을 모아놓고 교육을 시켜야 할 입장에 있습니다. 처음에는 불가능하다, 도저히 나로서는 감당하기 어렵다 해서 지금까지는 모든 방법을 써서 피해왔는데 이번에는 내가 해보자는 자신이 생겼다 이 겁니다. 그러나 사실은 고민입니다. 청중은 한 200명 정도 됩니다. 순동씨처럼 잘할 수 있을지 두렵습니다.

이박사 언제 해야 됩니까?

이우영 결재를 올리면서 제가 일정을 잡는 겁니다. 이번 모임에서 박사님한테 힌트를 얻어가지고 자신을 얻은 다음에 내일쯤 결재를 올려야 되는데, 한다 못한다 그 여부는 여기서 결정을 짓겠습니다.

정선생 내용은 나와 있는 겁니까, 만들어야 됩니까?

이우영 만들어야 됩니다. 주제가 「청탁배격」.

이박사 몇분간 하는 겁니까?

이우영 제가 잡기에 달렸습니다. 30분도 좋고, 한 시간도 좋고 박사님, 몇 분 정도 잡는 게 보통일까요?

계순동 청탁배격 운동 한 시간 해봐야 좋아할 사람 없을 테니 빠를수록 좋을 것 같아요.

이우영 제가 오늘 점심 시간에 혼자 그 회의실에 가서 검토를 해봤는데… 만약에 너무 당황해 가지고 내려오게 된다면 사표를 내야 할 입장입니다. 닥쳐오는 것은 무조건 해라, 그렇게 강조를 하셨는데 이번에 제가 그것만 해낼 수 있으면 저는 만세입니다. 아파트, 대인관계, 그건 해결이 됐는데 그 다음이 연단 공포거든요.

이박사 떨리지만 않으면 잘하겠다, 이게 아니고 떨리더라도 하겠다는 자세여야 합니다.

이우영 그럼 내일 결재를 올릴 때 제가 교육을 하겠다고 일정을 만들까요?

이박사 비디오로 몇 번 연설 연습을 해보지요. 지난번 환자 한 분도 면접을 못해 달아났습니다. 필기 시험은 합격했는데. 그래서 면접하는 연습을 해서 그 후 다른 회사에 거뜬히 합격, 요즈음 면접도 못하고 달아났던 그 친구가 신입사원 교육 담당을 하고 있습니다. 더구나 여자 종업원 앞에서. 인기있게 잘해야 되겠다 하는 생각도 하지 마시고 교육이니까 한다 이런 식으로.

이우영 주위의 동료들은 아무렇지도 않게 한 시간씩 하는데 뭘로 보나 나만도 못하거든요. 실력으로 보나 모든 것이. 위에서 인정을 할 때도 물론 내가 낫지 그 사람이 난 걸로는 인정을 안하거든요. 그런데 이 사람은 연단에 올라가면 나보다 잘한다 이겁니다.

이박사 시작은 올라가서 순동씨처럼 떨리네요 하는 것도 좋고 저는 말주변이 있어서 올라온 사람은 아닙니다, 보다시피 떨리기도 하고 얼굴이 붉어지기도 하고 잘하지는 못합니다. 그러나 이야기 내용상 제가 해야겠기로 — 이렇게 일단은 서두를 여는 게 좋을 것 같아요.

정선생 떨려도 괜찮다 하는 면허를 따놓고.

김선생 이우영씨, 다음에 발표하는 것을 비디오로 찍어 그걸 보고 다시 분석을 해보죠.

정선생 5분 발표할 걸 요약해 가지고 준비해 오세요.

이박사 자, 이제 마무리를 지어야겠습니다. 이번 시간이 제일 힘든 시간이었습니다.

여러분들은 힘든 고개를 넘은 분도 있고, 아직도 할까말까하는 분도 계시는데, 저는 이 고비가 얼마나 힘든가 하는 것을 잘 알고 있습니다. 여러분이 제일 싫어하는 일을 해야 하니까요. 하지만 해야합니다. 피하고 싶었던 상황을 막상 하려고 하니까 아무렇지도 않더라, 이것은 내가 말로 해서는 이해가 안됩니다. 스스로 체험을 하는 방법밖에는 없습니다. 그러나 왜 수월할까 하는 것은 지금까지 이야기를 종합해서 곰곰이 생각해 보세요. 그 힘든 일이 왜 그렇게 쉬워졌을까, 어떻게 아무렇지도 않을까, 막상 해보니깐 안비비더라, 이상하게 괜찮더라—어째서 그게 괜찮으냐 하는 것을 분석하고 생각해 오는 겁니다. 그리고 잘했든 못했든 그 상황을 합리적인 방향으로 분석, 비판해 보시고 다음 시간에 발표하셔야 합니다.

그럼 다음 시간에…

〈체험한 사건의 인지 과정〉

결과 또는 느낌

↑

합리적 사고

합리적 ↑

사건 또는 상황

비합리적 ↓

비합리적 사고

↓

결과 또는 느낌

치료자 메모
목표 :
1. 증상에 끌려다니는 것이 아니라 증상을 만들기도 함으로써 증상을 지배하는 주인이 된다.
2. 잘못된 생각임을 직접 체험을 통하여 확인한다.

진행 및 토의
1. 잘못된 생각을 교정한다〈숙제6-1〉
2. 역할학습〈숙제6-2〉

내용
1. 보통 사람대로 남하는 대로
2. 거지는 부끄러움이 없다.(부끄러움은 인간의 가장 소중한 감정-부정적 생각을 버려라)
3. 노이로제의 특징 : 치료 원칙은 같으므로 한 가지 원리를 터득하면 된다.
4. 한국인은 「사이」 의식에 민감 : 사이 사이의 어색함
5. 인생의 목표는 증상의 극복이 아니다.
6. 양심 비대증. 스스로를 위축시킴
7. 성과가 없어도 안하는 것보다 낫다.
8. 현상을 부정하지 말라

이박사 우리가 워낙 어려운 고비를 넘고 있으니까 어떤 분들은 지난번에 성공적으로 숙제를 해오신 분도 있고, 어떤 분들은 반신반의,한 것도 아니고 안한 것도 아니고, 전혀 하지 못한 분, 대충 이 세 단계로 나눌 수 있을 것 같습니다.

이우영씨처럼 우리가 시키기도 전에 자기 혼자 너무 앞서가 있는 분도 계시지만, 지난주에 성공적으로 넘어가신 분들은 한 걸음 더 어려운 것을 해보자 하는 숙제였고, 그리고 막상 하니까 쉽더라, 그 이유를 생각해 봐라—이런 과정이었습니다.

그럼 우선 곽재건씨 결혼부터 축하를 드려야겠습니다.(박수) 그러면 지난주에 숙제를 못하신 분부터…

임경직 만원 버스를 타는 것! 일주일 동안 버스 많이 탔죠. 사람 많은 것도 타고, 자리도 앞으로 뒤로 일부러 찾아가면서 장소를 많이 선택했는데 어떤 때는 편하고 긴장이 안됐는데 어떤 때는 과거에 집착이 돼서 불편했습니다. 그리고 이 박사님이 친구를 밖에서 만나라고 했는데 일부러 전화를 했습니다. 옛날 같으면 나가기 전에 고민이 되고 긴장이 됐는데 그런 건 덜해졌어요.

마음 편한 상태로 나가 친구를 만났고… 그런데 이상하게 만날 장소에 가면 분위기 때문에 그런지 긴장이 돼요. 긴장을 이겨가지고 들어가니 앉아 있으면 좀 나아지고, 과거에는 그 자리를 피하고 그랬는데, 이제는 도전을 해보자는 자세니까 굉장히 편해졌어요. 학교갈 때도 만원 버스 타고, 옛날 같으면 빈차를 기다리고 그랬는데 오는 대로 타고, 지난 일주일 동안은 여기 나온 보람도 있고…

신선희 부담스러워도 뭐든지 하려고 했어요. 사무실이 이사를 해서 비서 자리가 같은 사무실에 다른 직원과 함께 앉게 되어 있어요. 어떻게 보면 나한테 불리한데 이 상황에서 그걸 잘 이용하면 좋을 거라는 생각이 들었습니다. 결재 서류라든가 심부름할 일은 그전 같으면 전화를 하거나 누구 시켜서 보내고 그랬는데, 지난주엔 제가 일일이 들고 다녔어요. 숙제는 해야 하니까요. 얼굴이야 빨개지든 말든 내가 여기 나오는 이상 숨기는 자체가 잘못된 거니까 남이 뭐라든간에 여하튼 하자, 이런 마음으로 했어요.

정선생 그러니까 느낌이 어땠습니까?

신선희 쉬워진 것 같아요.

정선생 무슨 큰 난리 안나던가요?

이박사 선희씨, 고생했습니다. 지난주에 숙제 안했다고 너무 구박을 해서 죄책감이 있었는데… 잘했습니다.

기성씨와 순동씨, 두 분이 남았는데 어려운 상황을 만들었습니까?

현기성 우이동에 야유회를 가서 노는데 어려운 경험을 당해야 되겠다 하곤 맨 가운데 앉아가지고 마구 떠들다 보니까 너무 떠들어서 그런지 술주정한다고 야단맞았어요. 일주일 동안 숙제를 해야 된다는 것 때문에 소화도 잘 안되고, 혼났어요.(웃음)

이박사 그 야단 잘 맞았다.(웃음)

이우영 겸손! 너무 자신이 있어도 안된다.

이박사 그렇습니다. 뭐든 지나치면 안됩니다. 기성씨도 극단에서 극단이야. 한마디 못해 얌전하든가, 아니면 너무 떠들어 야단맞든가. 적절한 선에서 해야죠.

성규문 숙제를 하기 위해서 한 번만 하니까 별 효과가 없는 것 같아요.

현기성 쉬는 시간에 현관 앞으로 나가니까 사장님이 들어오데요. 사장님이 차에서 내려가지고 오니까 사람들이 다 들어가 버리더라구요. 이런데서 부딪쳐 가지고 하는 게 숙제가 아닌가 그런 생각이 들었지만…

이박사 기성씨도 따라 들어갔군요.

현기성 네. 숙제를 성실히 못한 거죠.

이박사 따라 들어오고 보니 기분이 어땠습니까?

현기성 숙제하기 위해 일부러 서 있다가 인사를 드려야 하는데… 박사님한테 야단맞겠다 싶은 생각이 들더라구요.(웃음)

대화 **67**

보통사람대로만

잘해보겠다 싶어 특별나게 남 안하는 짓을 한다면 오히려 이상하다.
남 하는 대로 보통이면 된다.

이박사 기성씨는 지난주 야단맞을 일만 했군.(웃음)
그러나 야단이 아니라 칭찬을 드려야겠습니다. 그땐 다른 사람과 같이 행동하는 게 보통입니다. 특별나게 기다리고 있다 혼자 인사드리는 것도 극단적이잖아요. 그렇다고 딱 부딪쳤는데도 인사 못 드린 것도 안되겠고 … 보통 사람이 하는 것만큼 하셨으니 잘한 겁니다.

계순동 집에서 선보라고 그런 얘기를 많이 했는데 지난 일요일 한 번 봤지요. 가니까 힘든 건 마찬가지고.

이박사 숙제를 겸해서 본 겁니까? 아니면…

계순동 기분에 한 번 봐야 되겠다는…

이박사 그전에는 선보러 안갔나요?

계순동 한 번도 본 적이 없습니다. 가서 이야기하는데 분위기가 굉장히 어색했습니다.

곽재건 어색한 게 정상이 아닐까요?

계순동 저도 그런 생각하고, 옛날에는 보라고 그러면 무조건 안본다고 그랬는데…

이박사 왜 안봤어요? 장가가기가 싫어서 그랬나요? 본다는 그 자체가 어색하고 힘들어서 그랬나요?

계순동 어색해서…

이박사 어쨌든 처음으로 선을 봤으니 축하합니다. 선을 봤다는 것은 순동씨로서는 대단한 결심이고, 집에서 그렇게 졸라도 안 하다가 하셨으니, 색시가 마음에 들고 안들고 보다 보러갔다 하는 그 자체를 축하드립니다.

성규문 색시는 마음에 들었어요?(웃음)

계순동 그저 그렇지요 뭐.

이우영 얌전해요? 그러면 됐지.(웃음)

고유석 요즈음 여자는 너무 얌전해빠져 자기 할 말도 못해선 안된다구요. 너무 부끄럼을 타도 안좋잖아요.

신선희 그래요.

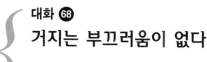

대화 **68**
거지는 부끄러움이 없다

부끄러워하는 것에 대해 부정적인 생각을 버려라.
부끄러움은 인간의 가장 소중한 감정이다.

이박사 여러분은 아직도 남녀를 불문하고 얌전하고 부끄러워하는 것에 대해 너무 부정적인 견해들인 것 같습니다.

한번 더 말씀드리지만 부끄럼이 많아야 합니다. 그만큼 사람한테 호감을 사고 싶다는 소망이 있다는 거죠. 부끄럼이 없는 사람도 많습니다. 거지를 보세요. 한 푼 보태달라고 손을 내미는 자세도 그렇고, 거절당해도 전혀 아무렇지 않은 얼굴입니다. 우리 같으면 도저히 부끄러워 얼굴도 못들텐데 그네들은 아무렇지 않습니다. 그건 인간적인 모든 걸 포기한 상태입니다. 아무도 날 좋아하지 않을 것이다, 어차피 버린 몸이다 ― 부끄럼이 없다는 건 이러한 심리상태를 뜻하는 겁니다.

여러분은 설마 이런 사람처럼 되고 싶은 건 아니겠지요? 또 그렇게 되려는 것도 아닐 겁니다. 부끄럼이 많아야 합니다. 그만큼 인간적이란 뜻입니다. 그러나 이걸 오해해서 엉뚱한 방향으로 해석하니까 부끄럼 자체가 무슨 병인 것처럼 버리려고 하지만 그래선 안되겠습니다. 이건 인간 생활의, 인간 관계의 기본적인 감정입니다. 지금 우리가 하는 치료가 부끄럼도 모르는 뻔뻔스런 사람이 되자는 건 아닙니다.

이영희 집앞 가게를 지날 때 아주머니들이 수다를 떨고, 지나가는 사람 하나하나를 훑어보고 그러는 게 싫었거든요. 엄마가 손수 사오시고 그러는데 이번엔 내가 가겠다고, 그래 가서 사오니까 괜찮았어요. 계속 괜찮을 것 같은 느낌이 들어요.

이박사 첫고개를 넘으신 분들, 막상 해보니까 쉽더라 별것 아니더라 큰일이라도 날 것 같았는데 아무 일 없더라 — 대개 이런 기분입니다. 그전에 피하려고 그랬을 때는 어려웠는데, 일부러 찾아서 하고 보니까 별것 아니더라, 그것까진 잘하셨는데 그 다음 문제는 왜 그랬을까 — 이걸 스스로가 분석할 수 있어야 합니다. 쉬워진 그 설명을 여러분 스스로가 할 수 있어야 합니다.

성규문 장인 장모될 사람을 찾아간다고 했는데 애인 집에 전화를 하니까 마침 할머니가 돌아가셨습니다. 결혼은 안했지만 찾아가려고 마음을 먹었어요. 그전 같으면 여러 사람 앞에 나서면 떨리고 그러니까 가지 말자 했을텐데 그 사람들이 밥먹여주는 것도 아니고 너무 의식하지 말자고 스스로 갔지요. 오랫동안 앉아 있지는 않았습니다. 약간은 고통이 있었지만 그럭저럭 …

이박사 어쨌든 갔다는 것 자체가 중요하고, 막상 가니까 생각했던 것만큼 어렵지는 않았단 말이죠.

김선생 장인 장모한테 정식으로 인사드렸나요?

성규문 저번에 가서 한 번 인사를 했는데 워낙 얼어 가지고 고개를 못들 정도였으니까「뭐 저런 놈하고 결혼하느냐?」고 퇴짜를 맞았어요. 말도 못하는 사람하고 무슨 결혼을 하느냐고, 저를 주려고 상을 차려놨다 상을 안들고 들어왔어요.

이박사 이번에는 문상도 드리고 인사도 드렸나요?

성규문 제가 전에 왔다가 인사도 못드리고 그랬다고 절 받으시라고 장인 장모한테 절하고 친척들하고 같이 얘기도 하고…

이박사 그게 사실은 참 어려운 자리인데 정말 잘 하셨다.

고유석 출장을 갔습니다. 제가 원해서 간 건 아니지만 상사가 가라고 그래서. 사실 전 같으면 다른 사람 보냈지만 두말 안하고 다녀왔죠. 제가 하는 일이니까 어떤 질문을 하더라도 자신도 있고 해서… 아무런 부담없이 설명했습니다. 내가 준비 안한 부분에서는 당황도 했지요. 설명이 제대로 안된 부분도 있고 해서 전 같으면 나쁜 쪽으로만 생각을 했겠죠. 그러나 회사에 돌아와 가만히 생각해 보니까, 질문에 대답을 못했을 때 당황했지만 그건 당연하다, 준비를 더 잘하자, 그럼 나아지겠지 — 그렇게 생각을 하니 결과에 대해서 비관되는 기분이 없고 자신감이 생겼습니다.

이박사 잘된 부분이나 못된 부분이나 합리적으로 생각을 잘했습니다. 감사실에 갔다오면서 안 떨리는 사람 누가 있으며 자신 있게 답변할 수 있는 사람이 누가 있겠습니까? 설명하는 과정도 그렇고, 말하고 난 후의 느낌을 정리하는 과정에서도 합리적인 방향으로 잘했습니다. 잘하고 못하고가 문제 아니고 이를 얼마나 합리적으로 해석하느냐가 중요합니다.

김명선 버스를 탔어요. 전 같으면 승객들의 시선이 의식이 돼 가지고 쩔쩔맸을 텐데 탁 앉으니까 시선이 측면이지만 보이니까 순간적으로 당황하게 되데요. 그러나 아차, 이게 숙제다 하고 어디 한 번 깜박여봐라, 그렇게 딱 마음을 먹으니까 눈이 시원해지는 게 아무렇지도 않은 것 같아요.

그래서 아, 바로 이것이구나. 피할 때와 부딪쳤을 때의 차이점이! 노이로제라는 것이 피하고 숨기고 이럴 때는 세상에 이렇게 크게 생각이 되던 것이 막상 부딪치고 보니까 이만했던 것이 요만하게 줄어드는 느낌이 들더라구요. 그래서 참 노이로제가 허상 중에 허상이라는 걸 느꼈어요. 상대방이 깜박이나 안 깜박이나 실험을 해보겠단 마음을 먹으면 안 깜박이는 거예요. 그게 치료된 거 아닙니까? 그런데 제가 순간 마음을 푹 놓고 있다보면 옛날로 돌아간단 말이에요.

그래서 제가 느낀 것은 노이로제를 고치기 위해서는 자기 자신이 싸움을 해야 된다. 적극적으로 대했을 때는 그 증상이 없어지는데 소극적으로 당하는 입장에 있으면 그게 나타나더라— 제가 지금 확신하는 것은 내가 누구든지 당당하게 대화할 수 있는 마음 자세만 가지고 있다면 아무 불편없이 할 수 있는 기분이 들거든요. 근데 왠지 모르게 내가 위축이 돼가지고, 그럴 것 같다는 생각이 들면 분명히 그렇게 되거든요. 이것 참, 어려워 뭐가 뭔지 잘 모르겠어요. 될 것도 같고 안될 것도 같고…

이박사 명선씨는 치료 초기엔 너무 오래된 병이라 눈에서 뭐가 나온다고 그랬던가?

김명선 처음엔 약을 먹어야 치료가 되지 않겠느냐 하는 생각을 했지요.

이박사 그것이 이제 많이 줄어들고 마음의 자세를 어떻게 먹느냐에 따라서 좋아지기도 하고 나빠지기도 한다, 결국 내 마음의 자세더라는 단계까지 온 겁니다.

김명선 눈은 이제 그렇게 하면 되겠다 싶은 확신이 서는데 문제가 한 두 가지라야죠. 손도 떨리고 얼굴이 긴장되고 목이 뻣뻣하고… 이것 하나 하나 치료하려면 끝도 없겠어요. 그러니까 사람 대하기가 부담스럽고 피곤해요.

{ **대화 ❻❾**
증상의 합병성과 이행성

노이로제의 특징은 합병적이고 이행적이라는 데 있다.
그러나 치료원칙은 같으므로 한 가지 원리를 터득하면 된다.

이박사 명선씨만의 문제는 아닙니다. 누구나 한 가지 증상만 있는 건 아닙니다. 여러 가지 증상이 한몫에 나타납니다. 그리고 시간이 흐름에 따라 없어지는 것도 있고 세력이 약해지는 것도 있는가 하면 또 새로운 문제가 생기기도 합니다.

이렇게 증상들은 합병적이고 이행적인 것이 특징입니다. 그것은 대인관계란 어느 한 가지만으로 되는 게 아니기 때문입니다. 말로만 되는 게 아니잖아요. 눈짓, 손짓, 표정, 제스처 등 여러 가지를 써야 하기 때문입니다. 따라서 여러분은 대인관계 그 자체를 무서워하는 건 아닙니다. 대인관계를 방해하는 여러 가지 매체, 즉 말, 눈짓, 표정… 등이 잘못 될까봐 두려워하는 겁니다.

이것들은 모두 개별적으로 한 가지씩 관여하는 게 아니고 상호보완적으로 동시에 작용하기 때문입니다. 명선씨 경우 처음 적면에서 시선으로 옮겨왔고, 지금도 여러 가지 증상이 함께 있지요? 하지만 치료원칙은 같습니다. 한 가지 치료 원리를 터득하시면 남은 문제들은 자동적으로 해결됩니다.

김명선 아이구, 안심입니다.(웃음)

원형수 상대방이 알까봐 내가 숨기려고 그러니까 이게 불안하

고 더 떨린다, 반대로 더 떨려라, 노출돼도 괜찮다—그런 식으로
나갔을 때는 의외로 안떨리고 하는 그런 차이점을 확실히 느꼈습
니다. 그 친구한테 얘기를 할 때 이 친구한테 물어봐야지, 그런
마음을 가졌을 때는 상당히 편했고 제가 농담을 할 여유도 생기
더라구요. 그런데 상대방이 눈치를 챌까봐 숨기고 연기를 하려고
그러니까 거기서 심적으로 부담이 와서 더 떨리게 되거든요. 바
로 이 차이구나 하는 걸 느꼈습니다. 저의 대표적인 증상이 손 떨
리는 건데 이것은 많이 나아졌어요.

이박사 화제가 끊겼을 때의 기분은 어땠나요?

원형수 그땐 여전히 어색하죠. 그건 누구나 그런 것 아닙니
까?

대화 ⑰
한국인은 「사이」의식에 민감하다

대화가 끊겼을 때, 인사가 끝나고 나서 등
그 사이 사이의 어색함에 한국인은 특히 민감하다.

이박사 아이고 감사합니다.(웃음) 진작 그렇게 생각했더라면
그 고생 안했지.(웃음) 그렇습니다. 누구나 어색합니다. 그 어색
해지는 걸 치욕적인 것으로 받아들였기 때문에 문제가 되는 것입
니다. 대화하는 사이뿐 아닙니다. 인사하고 난 직후의 어색한 사
이, 사진 찍을 때 그 다음을 기다리는 사이… 등 한국 사람들은

이러한 「사이」를 민감하게 의식하는 게 특징입니다. 학교도 수업 시간보다 쉬는 사이가 더 힘듭니다. 어떻게 해야 될지를 모르기 때문입니다. 누구와, 어디 앉아, 어떻게 이야기해야 되는지를 지나치게 의식하기 때문에 그러한 사이가 무척 곤혹스럽게 느껴집니다. 어색해서 어쩔 줄 모릅니다. 얼굴이 달아오르고 괜히 창피한 생각이 듭니다.

우리 나라에서 칵테일 파티가 안되는 이유도 이 때문입니다. 어느 그룹에 어떻게 끼어들어야 할지 서먹서먹하고 어색해서 아주 혼이 나곤 합니다. 수줍고, 부끄러운 기분이 차츰 치욕적인 기분으로 되어 가면 본격적으로 불안해집니다. 그러나 이러한 「사이」의식도 내가 일부러 조용히 아무 말 없이 있어 보겠다고 일부러 그러고 있으면 전혀 불편하지 않다는 겁니다. 형수씨는 다음 그런 기회를 만들어 일부러 사이를 한 번 두어보세요.

원형수 이해가 갑니다. 어제 제수씨 될 집에서 예물이 왔습니다. 거기 형부가 왔는데 수줍음을 많이 타더라구요. 약혼식 때 보니까 아주 불편해하고, 같이 앉아서 얘기하면서 제가 그랬어요. 「참 어려운 자리죠」「저도 사실 참 불편하다」고 그런 식으로 얘기를 하니까 저는 물론 안 떨리고, 그쪽도 조금 부드러워지는 듯했어요. 아무튼 불편한 자리를 잘 넘겼어요. 여기 온 덕분이죠. 손 떨리고 이런 것은 여기서 들은 얘기로 내 마음을 돌릴 수가 있는데 저는 또 시선공포도 있단 말이에요. 손 떨리는 것은 여기서 대응책을 체득했는데 시선공포는 그런 걸 못 찾았어요. 하지만 치료 원칙은 같다니까 계속 노력해야죠.

강운구 일주일 동안 학원 다니며 공부 계속했는데 그렇게 어려운 점은 모르겠고, 증상이 없어지기를 바라지 말라, 그러는데 솔직히 제 속마음은 그렇지 않거든요. 증상이 없어졌으면 좋겠다는 게 제 진심이거든요. 없을 때는 있는 것 같기도 하고, 어떤 때는 없는 것 같기도 하고, 저 자신도 당황한다고 할까요. 어쨌든 이 정도면 충분히 공부도 해나갈 수 있고 그런 대로 버텨나갈 수 있을 것 같아요. 예전에는 심했던 게 왜 지금은 덜한가 생각해보니 마음가짐의 차이인 것 같습니다. 불교에서의 일체유심이란 말이 있는데 내가 여기에 너무 집착을 해서 오히려 증상이 더 심해지는 것 같고 확대 해석하는 것 같아요. 착각이 아니냐는 생각도 요즈음에 와서 듭니다.

대화 ⑦

인생의 목표는 증상 극복이 아니다

증상을 고치는 게 마치 인생의 전목표인 양 착각하는 수가 많다.
그러나 인생의 목표는 엄연히 딴 곳에 있다.

이박사 운구군한테 회의가 들면서 착각이 아닐까, 착각일 수도 있다는 단계까지 왔으니 치료가 상당히 진전이 된 겁니다. 냄새 난다는 확신이 조금씩 풀리는 것 같습니다. 그러나 완전히 풀려선 안돼요. 적당한 정도로! 냄새가 나지 않을까 항상 조심을 해야죠. 그리고 운구군이 「증상이 없어졌으면 좋겠다는 게 진심이다」라고 아주 솔직히 말했는데, 참 인상적입니다. 솔직해서 좋습니다. 누구나 다 마찬가지 생각일 겁니다. 언젠가는 없어집니다. 그러나 없애야겠다고 생각하면 안 없어집니다. 더 나빠만 집니다. 이건 지금까지 우리 경험으로 잘 증명이 되었습니다. 지금까지 우리는 증상을 없애는 게 마치 인생의 목표인 양 살아왔습니다. 문제는 거기에 있었습니다. 인생의 목표는 증상 정복이 아닙니다. 여러분의 목표는 따로 있습니다. 사업가, 학자, 의사… 우린 그런 고지를 향해 달려야 합니다. 증상을 지닌채! 그러다 보면 까짓 증상쯤 아무렇지 않게 느껴집니다. 일에 열중해 보세요. 오늘이라도 당장 그렇게 해보십시오. 진짜 증상이 느껴지는가!

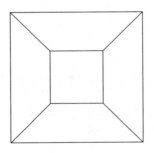

나무 하나에 신경을 쓰다 보면 숲을 볼 수가 없게 됩니다. 이 그림을 보세요. 안에 있는 작은 사각형에 초점을 맞추어보면 그 부위가 튀어나와 보이죠. 다음엔 밖에 있는 큰 사각형을 보세요. 안에 있는 사각형은 아주 쑥 들어가 보입니다. 이 차이입니다. 여러분이 인생의 목표를 어디에 두고 어디에 주의를 집중시켜야 하는가가 이해될 것입니다. 인생의 목표를 향해 일을 해야 합니다. 치료하기 위해서가 아닙니다. 증상을 없애기 위해서도 아닙니다. 일이란 하지 않으면 안 되기 때문에 하는 것 뿐입니다. 열심히 하다 보면 자연적으로 여러분의 관심이, 주의가 일 쪽으로 오게 되지 시시한 증상에 매달리게 되진 않을 겁니다. 일을 열심히 하다 보면 뭔가 이루어질 것이고, 자신이 생길 것이고… 그러노라면 증상은 언젠가 제풀에 꺾여 사라지는 겁니다. 어려워도 피하지 말고 할 일은 해야 된다는 처음의 약속은 이런 뜻에서 한 겁니다.

강운구 그래서 요즈음 학원에는 어쨌든 열심히 나갑니다. 그런데 요즈음 이 자리가 점점 어려워져요. 안면이 통한다고 그럴까요. 알아지니까 내가 피해를 주지 말아야 되겠다 하는 생각 때문에…

이우영 우리 증상이 중간층에서 생깁니다. 처음이나 둘째 모임은 처음 아닙니까? 그러니까 나아졌지만 이제는 중간 정도의 알만한 사람이 됐다는 거예요. 그러니까 점점 더 어려워지는 거지.

이박사 사람마다 조금씩의 변화는 있죠. 운구군은 그전에도 오래간만에 버스를 타면 괜찮다가 자주 타면 자꾸 어려워진다고 했거든요. 이우영씨가 지적한 얘기를 잘 한 번 생각해 보세요.

이우영 제가 숙제를 정한 이후부터 업무를 전폐하다시피 계속 강연 원고를 썼습니다. 저 나름대로 잘 만들어 보려고 쓰다 보니까 열댓 장이 넘었어요. 줄여서 쓴 것이…

이박사 강연하기로 결심을 하고?

이우영 네, 결재는 났는데 신축성이 좀 있다 이겁니다. 피할 수도 있고, 내가 할 수도 있다. 피할 구멍을 만들어 놓았지요. 그게 또 문제입니다. 꼭 한다고 세상에 공표를 해놔야 되는데, 그게 문제에요. 자신이 없기 때문에 그렇습니다. 200명 앞에서 과연 할 수 있을 것인가, 그리고 옆방에 연설 잘하는 사람이 있어요. 그 사람은 탁 올라가면 사람들을 웃겨요. 그 사람한테 원고를 갖다 보여줬더니 이런 걸 가지고는 곤란하다, 어려운 말만 쓰고 딱딱하고 해서 청중들이 무슨 얘긴지 모른다면서 몇 자 고쳐줬어요.

이박사 달아날 구멍을!

이우영 죄송합니다. 여하튼 열어놨습니다. 망신을 당하게 돼 제가 사표라도 내야 할 그런 기로에 있거든요.

이박사 그걸 못했다고 사표를 내야 할 정도로 엄청나게 생각하니 문제죠. 무슨 일을 하는 데는 마음의 준비나 적당한 긴장이 필요합니다. 하지만 그것은 그 일에 맞게 하셔야 합니다.

이우영씨는 지금 파리 한 마리 잡는 데 마치 호랑이나 잡을 듯이 총을 들고 나오고 있습니다. 무섭고 떨릴 수밖에 없지요. 그래선 파리를 잡을 수 없습니다. 흥분을 해도 거기에 맞게 적절한 흥분을 해야 효율적임은 물론 성공률도 높습니다. 연설하다가 사람 죽을 일이라도 생깁니까? 흥분을 가라앉히고 상황을 좀더 객관적으로 냉철하게 분석을 해야 거기에 적절한 대책이 나올 수 있을 겁니다. 이우영씨는 지나치게 확대해석을 하고 있습니다. 하지 않으면 안되는 것도 아닌데, 하다가 잘 안된다고 해서 사표 내라는 그런 직장이 어디 있습니까?

이우영 망신을 당했으니까 제 스스로…

대화 72
양심 비대증

너무 착하고 책임감이 강하며 배려의식이 지나친 양심
비대증은 스스로를 위축시키는 사슬이다.

이박사 그게 이우영씨의 양심 비대증상입니다. 너무 착하고 너무 책임감이 강해서 그렇습니다. 양심적이라는 것, 그건 이우영씨의 장점이요, 존경받을 점입니다. 하지만 그게 너무 비대해서 사회생활에 위축이 될 정도로 자신을 꾸짖고 인책해서는 곤란합니다.

비대한 양심에 의한 지나친 자기 비판은 우리로 하여금 아무 일도 못하게 위축시킵니다. 상황 판단이나 대처를 융통성 있게 하셔야 되겠습니다. 현실성 있게 해야 한다는 뜻이죠. 지나치게 비현실적인 자기 성찰, 자기 반성, 자기 비판은 자신을 아무 일도 못하게 위축시키거든요. 아주 얼어붙게 만드는 겁니다. 그걸 그렇게 어렵게 생각하니까 떨릴 수밖에. 그게 문제라구요. 비합리적인 생각입니다. 일단은 달아날 구멍을 완전히 막아놓으세요. 열려있는 이상 아직도 마음의 갭이 생겨, 할까말까 망설이고 불안해지는 겁니다. 그리고 거기에 전력투구할 수 없게 되어 에너

지도 분산되죠.

곽재건 결혼식은 토요일에 했습니다. 신혼여행은 제주도로 가서 택시로 도는 수도 있지만 치료상 단체로 버스 합승을 했습니다. 신혼여행에서 숙제를 한 거죠. (웃음) 다른 사람과 어울려 노래시키면 노래도 하고 자기 소개도 하고, 재미있었어요. 문제점은 항상 마음속에 여러 가지가 도사리고 있는데 그런 게 닥쳐 올 때마다 피하지 말자, 이 생각만 했습니다. 시선이 괴로우면 이걸 피하지 말자, 무조건 피하지 말자는 생각만 가지고 있으면 뭐든지 다 해결이 되는 것 같아요. 어렵지만 견딜 만했습니다.

대화 🚳
성과가 없어도 안하는 것보다 낫다

어려워도 피하지 말고 하자. 하나가 남아도 남는 게 있고,
능률이 안올라도 안하는 것보다는 낫다.

이박사 공부도 그렇습니다. 조금 힘들다고 생각하는 사람들은 아예 책을 덮어 버리죠. 하지만 그래도 하자는 겁니다. 아무리 주의 집중이 안되고 능률이 안올라도, 그래도 안하는 것보다는 낫다, 단어 하나라도 더 외울 수 있으니까 달아나는 것보다는 낫죠. 피하지 말고 어려워도 하자는 겁니다. 하나가 남아도 남는 게 있고, 성과가 있죠. 여러분 모두들 어려운 고비를 용케 잘 넘었습니

다. 그리고 생각한 것만큼 어렵지 않더라, 그 이유가 어디 있을까도 대충 설명을 잘한 것 같은데, 이해가 분명히 된 것 같습니까?

신선희 여태까지는 저리로 가면 떨릴 거다 그랬는데 떨리더라도 한번 해보자 그런 마음가짐으로 해서 어떤 여유가 생기는 것 같아요.

대화 ❼❹
현상을 부정하지 말라

숨기려 해도 소용없고 벗어나려 해도 벗어날 수 없다.
그대로 인정하고 감수하는 길밖에 달리 없다.

이박사 안 떨릴 것이다 하는 기대를 해서는 안됩니다. 떨릴 거다, 그래도 해야 된다, 그래도 안하는 것보다 낫다 — 떨리는 것, 이거 어떻게 할 수 없습니다. 숨기려 해도 소용없어. 그러니 어떻게 할 생각을 말아야 돼. 그대로 감수하는 수밖에 방법이 없어. 떨리는 걸 어떻게 해보자는 그 의식적 노력이 점점 증상을 악화시키고 있다는 사실을 명심하셔야 합니다. 노력한다고 안될 일인데, 아니 그럴수록 더 심해지는 걸 어떻게 하겠다는 겁니까? 그냥 두세요. 떨리면 떨리는 대로! 개를 쫓으려 하다 보면 개에게 쫓기게 되는 겁니다. 그냥 두세요. 풀어놓으면 꼬리를 흔들고 잘 놀 텐데! 싸우지 않았더라면 지금쯤 어디론가 저 혼자 가버렸을 거야. 좀 떨리면 어때! 하는 자세, 떨리기 때문에 피하는 게 아니고 떨리더라도 하자는 자세입니다. 좀 떨릴 수도 있다는 겁니다.

임경직 버스 타고 마음이 편할 때는 남들을 의식하지 말자, 남들의 시선을 의식하지 말고 나는 나다, 그런 마음을 가지면 편한데 남의 시선에 신경을 쓰면 긴장이 되고 비교를 하다 보니까 역시…

대화 75
양극단의 갈등

강기와 약기의 극에서 극인 심리는 현실생활에 마찰만 일으키게 된다.
그 중간을 찾는 일이 중요하다.

이박사 경직씨 한 이야기에 잘못 생각한 점이 없습니까?

경직씨는 심리적인 오류를 하나 범하고 있는 것 같아. 남들을 의식하지 말자 — 이건 출발부터 잘못 된 거죠. 어떻게 남들을 의식하지 않고 살 수 있습니까? 의식해야죠. 지난번에도 그러셨던 것 같은데 기분이 편할 때도 있고 안 그럴 때도 있더라, 편할 때는 남들을 의식하지 말자 하는 것이 잘 통할 때고, 의식하는 순간 다시 불편해지더라 — 그러나 의식하지 말자 하는 그 가설이 잘못 된 겁니다. 전혀 안해도 안되고 너무 지나치게 의식해도 안돼!

경직씨도 과도한 의식을 한 나머지 냄새가 나서 죽을 것 같은 생각이 들거나, 그렇지 않으면 아예 의식도 않고 완전히 나는 나다 하는 식이거든. 이것은 극단과 극단입니다. 이건 어느 쪽도 현실적으로 존재할 수가 없습니다. 이것은 잘못입니다. 중간쯤이어야 돼요. 적절한 범위 내에서 의식하는 그게 보통이죠. 양극단에 있으니까 저기 가니까 불편하고 여기 오니까 편하고, 이런 생각은 억지여서 오래 갈 수 없습니다. 괜찮다가도 다음 순간 불편해지는 건 그 때문입니다. 이게 강기와 약기의 마찰입니다. 사람을 만날 때는 땀냄새가 너무 나도 안되죠. 어떤 사람은 발가락에 냄새가 나는 걸 탁자에 얹어놓고 있는데, 이건 진짜 남이야 죽든 말든 난 모르겠다 하는 것 아닙니까?

적절한 범위 내에서는 의식해야 되고 적절한 정도의 불편, 불안, 조금 힘든 것 ― 이것은 감수해야죠. 가령 명선씨 경우도 마찬가지죠. 안내양 아가씨를 옆으로 보니까 눈은 편해져서 좋았어. 그런데 사람을 그렇게 빤히 쳐다보면 어떻게 되겠어요?

김명선 상대방한테 실례가 되겠죠. 그래서 어느 정도 하다가 됐구나 하고 창밖을 쳐다봤습니다.

이박사 그렇지요. 이 점을 잘 한번 생각해 보자는 겁니다. 이우영씨처럼 내가 딱 보니까 여자들이 얼굴을 돌리더라, 이 정도로 똑바로 봐서는 안돼. 적당히 보고 목례 정도 하고 지나가셔야지 여자들이 고개를 숙일 정도로, 이렇게 되면 우리가 뻔뻔스러운 사람이 되는 겁니다.

성규문 저한테도 양극단성이 있다고 몇 번 말씀하셨는데 강약 조절을 잘 해야 되겠다 이런 생각이 들데요.

이박사 그래, 규문씨도 지난번에 부끄러워 고개도 못 들고 지나다가 사람을 피하느라 논두렁에 처박혔던 사람이 일어나 싸움을 걸었거든. 처음부터 앞을 보고 가든지, 아무리 부끄럽기로서니 자기 갈 길도 못 본대서야… 아니면 처박힌 후에 싸움을 하지 말든지… 강약 조절이 안되거든. 「아예 안 보든지, 아니면 싸움을 하든지」 둘 중의 하나지 그 중간을 못 취하거든.

남에 대한 지나친 배려의식으로 내가 고개도 못들 정도의 약기에 빠지다가 다음 순간 자존심이 상해서 강기가 발동합니다. 자존심은 세고, 지기는 싫으니까 순간 폭발적으로 된 거죠. 이러한 강약의 충돌이 마음에 갈등을 일으켜 이게 열등감을 형성시키게 됩니다. 여기 계시는 분 모두는 이런 양면성, 양극단성이 있습니다. 증상 자체의 치료보다 자신의 성격을 이해하고, 보다 넓은 시야로 인생을 보는 눈, 사람을 보는 눈을 길러야 하는 소이도 여기 있습니다.

제가 여러분에게 숙제를 낼 때 전혀 못하는 상태에서 일부러 하라고 했지요. 제가 극단적인 요구를 한 번 해본 겁니다. 그렇게 되면 어떻게 되겠는지 보고, 느끼라고 제가 요구를 한 것이지 과연 그렇게 하는 것이 평균적인 한국 사람으로서 해야 될 일인가는 다음 문제로 다시 생각해보아야 겠습니다.

여러분들은 워낙 위축돼 있는 사람들이었으니까 강하게 밀어내지 않으면 심리적인 차이를 이해할 수 있을 것 같지가 않았어요. 아주 피했을 때하고 부딪칠 때하고의 심리적인 차이가 어떤 것이다 하는 걸 여러분 스스로 체험을 할 수 있도록 아주 힘든 일을 하도록 협박도 하고 회유도 하고 애걸도 했지요. 이제 여러분들은 다 경험했습니다. 중요한 고비를 넘겼습니다. 그러나 이제는 조절을 해야 됩니다.

앞으로 여러분들은 숙제하는 기분으로 얼마간 살아야 해요. 그러한 자세가 내 몸에 익은 다음, 과연 이렇게 하는 것이 예의냐? 한국 사회에서! 그것은 다음 시간에 다시 한 번 생각해 봅시다. 왜 증상이 생겼으며, 어떻게 생겼으며, 어떤 상황에서 생기며, 또 피했을 때는 어떻고, 부딪쳤을 때는 어떻고 하는 걸 다시 책자를 보고 연구를 해보시기 바랍니다.

이우영 제가 지금까지 증상이 많이 나아졌지만 혹시 후퇴되면 어쩔까, 옛날처럼 돼버리면 어떻게 할까 그런 우려가 생기는데…

이박사 재발이 되면 어쩌나 하는 걱정은 이 시점에서 당연히 생각해봐야 할 문제입니다. 자, 그럼 나빠지면 왜 나빠지겠어요?

계순동 비합리적인 생각 때문에.

고유석 자만심 때문에.

이박사 다음 시간에 다시 생각해 봅시다. 여러분들이 숙제하는 기분에서 한 걸음만 후퇴하면 다시 나빠질 수 있다는 걸 잘 이해하시면 나옵니다.

이우영 겨우 치료가 된 듯한데 또 노이로제 환자가 되면 어떻게 하느냐 이거죠.

이박사 똑같은 숙제입니다. 내가 왜 좋아졌을까. 왜 그렇게 막상 부딪치니까 수월해지느냐, 이 해답이 나오면 앞으로 어떤 경우에 재발이 된다 하는 해답도 절로 나올 겁니다. 치료의 골격은 여기 있습니다. 그럼 연설한 비디오를 보고 의견을 들읍시다.
(비디오 상영 : 지난주 계순동의 5분 연설)

성규문 연설하는 법 배운 것 아니에요?

계순동 아닌데요!

정선생 이게 남들 앞에서 얘기하는 데 문제가 많다고 고민하는 분이랍니다. 여러분 느낌은 어떻습니까?

고유석 어색한 걸 못느끼겠는데.

정선생 배부른 고민 같지요? 본인 생각은 어떻습니까? 본인 스스로를 객관적인 눈으로 봤는데.

계순동 제 동생 말투와 비슷하고 해서 제 동생을 보는 것 같습니다.

이우영 동생은 말도 잘하고 나보다 낫구나 하고 항상 느껴온 것 아니에요?

계순동 동생은 말도 잘합니다.

이우영 거봐, 그러니 자기도 잘했다는 뜻 아냐? (웃음)

정선생 계순동씨는 못한다고 생각하고 남들은 잘한다고 생각을 하고 그 차이가 느껴집니까? 그래서 비디오를 보여주는 겁니다.

계순동 내가 생각했던 것보다는 낫습니다. 썩 잘한 건 아니고.

이박사 전혀 어벙이 같지는 않단 말이죠.

곽재건 저 정도 얘기한다는 건 보통 수준이 넘는 겁니다.

정선생 남이 그래야 무슨 소용이 있어요. 본인이 그렇게 생각해야지.

이박사 슬픈 일은 본인이 그렇게 생각하지 않는다는 겁니다. 또 남도 그렇게 생각하지 않을 것이라는 게 문제죠. 솔직히 나만큼 잘한 것 같지는 않아. 나라면 좀더 사람들을 웃겨가면서 지루하지 않게 잘 끌고 갔을 거야. 그러나 나처럼 되기까지는 상당한 시간과 훈련, 그리고 경험이 필요합니다. 순동씨에게 이제 남은 것은 훈련, 경험, 지식, 준비 ― 그렇게 하면서 조금씩 자신감을 쌓아 나가는 일입니다.

이우영 (5분 연설…) 이상입니다. 엉망입니다.

김명선 여느 사람이 하는 연설과 다른 건 못느꼈는데 말씀하신 대로 시선이 청중한테 오는 기회가 적었던 것 같아요.

김선생 이우영씨, 그 정도라면 사표를 써야 돼요? (웃음)

강운구 손 동작이 약간 어색했고, 말씀하시는데 감탄사 내지는 끄는 소리가 많이 들어가는데 너무 잘하려고 생각하면 곤란할 것 같아요.

이우영 사표 안써도 되겠어요? (웃음)

강운구 잘하는 사람도 있고, 못하는 사람도 있는데 못하면 못하는 대로, 그게 오히려 괜찮아 보일 수도 있잖아요.

곽재건 연설하는 면에선 보통입니다. 전혀 이상하진 않은데요.

원형수 이런 주제라면 남들이 빨리 내려가 줬으면 하고 바라는 주제인데 어차피 어렵게 됐어요. 나라면 더 못했을 테지만 그러나 창피하다고 생각하진 않을 거예요.

김명선 이선생님은 착각을 하고 계신 것 같아요. 누구든지 상대방이 생각할 때 연설을 잘하리라고 기대를 안하거든요. 저는 교회를 다니니까 가끔 연단에 서는데 그럴 땐 또 상당히 침착하게 진행하거든요. 그런데 어떤 사람은 나와서 기도하라면 기도문을 준비해 왔다가도 말이 막혀 가지고 하나님 하나님 찾다가 아주 헤매는 데도 흉보는 사람 하나도 없어요. 이 선생님은 너무 잘하려고, 너무 멋있는 연사처럼 하시려고 그러는데, 그렇게 기대할 사람 하나도 없는 자리 아니겠어요.

이우영 망신 당할 정도는 아닌 것 같습니까?

김명선 이선생님 자신이 어떻게 생각하냐가 중요할 것 같아요. 남들이 잘한대도 뭘 해요. 자기가 못한다고 생각하는 한 언제나 자신이 없고, 떨리겠지요.

곽재건 100명 중 연설 잘하는 사람은 1~2명 정도밖에 없어요. 선생이라는 사람도 그래요. 선생은 입가지고 먹고 살잖아요. 그 사람들도 애들 수업할 때는 잘하지만 선생님들 모아놓고 연설하라고 그러면 못해요. 아주 엉망이에요. 애들 앞에선 밤낮 하는 거니까 훈련이 된 탓이겠죠.

성규문 내 동생이 국어 선생인데 내가 볼 때는 말을 잘 못하는데 웅변대회를 나갔어요. 역시 자기 마음먹기인가봐요.

정선생 잘 못하니까 나갔는지도 모르죠. 자기 약점을 보완하려고. 실제로 웅변대회엔 그런 사람도 많아요. 여기 오는 환자분 중에도 웅변 학원에 나가는 사람도 더러 있습니다. 경험을 쌓는 의미에서 좋을 것 같아요.

김명선 제 경험인데 조금 더 페이스를 늦췄으면 어떨까요. 침

착하게…

이우영 그래요. 저는 격해 가지고 빨리 해치우려니까 더 당황…

계순동 내용을 그대로 외워서 하는 것보다 줄거리를 대강 생각한 다음에 닥치는 대로 이야기하는 것도 방법이죠. 요점만 메모해서 살을 붙이는 식으로…

이우영 원고 붙들고 있는데 막 떨리더라구요.

계순동 하다가 까먹지 않을까 이런 생각 안했습니까?

김명선 그것 보고 읽어도 상관없잖아요? 저번에 국무총리 연설할 때도 초등학생 책 읽듯이 또박또박 해도 괜찮던데요 뭘.

고유석 (5분 연설)

이우영 웃음으로 시작해서 웃음으로 끝이 났는데…

고유석 제가 잘 웃는 편이라서… 지금 하면서도 굉장히 떨리고 두근거렸어요. 처음보다는 진정이 된 것 같아요. 생각했던 내용이 머리에 떠오르고 안 잊어버려 다행이었습니다. 난 그게 걱정이었는데.

이박사 자칭 연단공포증이 많군요. (웃음) 듣고 있는 청중의 평은 그 정도면 됐다고 하는데 본인 의견은 형편없다고 하는 이 차이점, 이게 우월의식의 산물입니다. 남보다 잘해야 된다, 박수를 받아야 한다, 흉이나 보지 않을까 — 이런 바람, 이런 걱정은 당연히 있어야 합니다. 잘 하기 위해, 흉이 되지 않기 위해 긴장도 하고 떨립니다. 이 정도까지는 지극히 생리적인 반응입니다.

그러나 이것도 지나쳐 연단에 올라서지도 못할 정도면 문제죠. 사표까지 확대 비약하면 더욱 문제가 되는 겁니다. 모든 게 지나친 욕심, 지나친 우월의식 때문입니다. 한국인의 대부분이 연단에 올라서면 떨립니다. 말도 조리 있게 잘 안됩니다. 그렇기 때문에 좀 못해도 흉보지 않습니다. 이게 서양과 다른 점입니다. 그들은 언어 문화권이기 때문에 자기 의식을 분명히 전달할 능력이 없으면 생활인으로서는 실격입니다. 그리고 실제로 잘합니다 .하지만 우리 경우는 못하는 게 정상이니까 너무 어렵게 안 생각하셔도 좋을 것 같아요. 우리는 자기의 평소 생활, 마음 자세가 진지하면 그것으로 인정을 받는 거지 꼭 말을 잘해야 되는 건 아니거든요.

정선생 (숙제지시)

좀더 어렵고, 나한테 문제가 됐다고 생각됐던 것을 찾아 부딪치고 정면으로 대해보는, 피하지 말고 내가 증상의 주인이 되는 겁니다. 증상에 끌려가지 말고. 두 번째는 그러한 상황에 처했을 때 대처 방법이나 행동에 대해서 평균적인 한국인이라면 이와 똑같은 상황에서 어떻게 생각하고 행동했을까, 남들도 내가 지금 하고자 하는 대로 할 것이다, 이런 생각이 들면 그대로 행동에 옮기는 것이고, 만약에 남들은 이렇게는 안하겠지 하고 생각이 들면 행동에 옮기지 않는 겁니다. 그러나 그럴 경우, 옛날에는 못한 거고 이번에는 할 수 있지만 참는 것이 다른 점입니다.

이박사 지금까지 해왔던 대로 계속 힘든 상황을 찾으려고 노력하는 겁니다.

가령 옆자리에 여자가 앉았다, 피하지 말고 옆자리에 앉는 겁니다. 신문을 권하고 싶다, 그럴 때 생각을 해보는 겁니다. 과연 보통 한국 사람 같으면 이럴 경우 이 아가씨한테 신문을 권하겠느냐. 만약 그렇다고 생각하면 권하고, 안 그럴 것이다 그러면 하지를 마세요. 그러나 그 차이는 있습니다. 전에는 내가 권하고 싶어도 못한 것이고, 이제는 내가 안한 겁니다. 그런 심리적인 차이, 그것을 자세히 적어 오셔야 됩니다. 하려고 하면 문제는 없어, 할 수는 있어, 두렵거나 떨려서 못하는 건 아니야, 그러나 다른 사람들은 과연 이럴 경우에 용감하게 할까 ― 이걸 생각해보고 하자는 겁니다. 지금까지 우리가 조금 지나쳤던 점이 있었죠.

이우영씨처럼 너무 열심히 봤기 때문에 여자들이 고개를 숙인 점도 그렇고 명선씨가 안내양아가씨를 뚫어지게 봤다고 하는 점도 좀 지나쳤죠. 그전엔 내가 못했을 경우고 이제는 안하는 겁니다. 그전에 내가 못했을 경우는 바보스럽다는 생각이 들었는데 이제는 내가 안하는 것이지 못하는 게 아니니까 바보스런 기분은 안들 것이다, 그런 차이를 잘 적어 오시고 왜 수월해졌을까, 또 재발이 된다면 어떤 심리 상태가 되었을 때 재발이 되겠다 하는 것도 여러분이 생활하시면서 느낄 수가 있을 겁니다. 그리고 마지막 숙제는 자신에게 주는 편지를 써오는 겁니다. 치료를 마감하면서 정리해보는 뜻으로 써 보는 겁니다.

그럼 다음 시간에 ― .

〈숙제 7-2〉

　다음은 재발의 이유들입니다. 자신에게 해당된다고 생각되는 모든 항목에 ○표를 하시오.

1)치료 방법이 너무 어렵고 부담스러워 실제 생활에 적용
　시키지 못하고 치료전 대처방식을 다시 쓸 때 ········ (　)
　예:강기('척'병:용감하고 대범한 척,
　　　　　　명랑하고 사교적인 척)
　　　약기(상황회피, 위축, 도피)
2)다시 지나친 경쟁의식, 우월의식에 사로 잡힐 때···(　)
3)다시 지나친 배려의식, 가해의식에 사로 잡힐 때···(　)
4)인간 관계에 있어서 지나친 욕심으로 높게 책정된
　이상 때문에 ·· (　)
　예:MUST병-되고 싶다는 소망이 되어야 한다는 강박적
　착각으로 된 경우.
5)보통 한국인 누구에게나 있을 수 있는 현상이라는 사실
　을 잊고 나만의 문제처럼 여겨져 자기 비하, 무력감에
　빠질 때 ·· (　)
6)치료가 잘 되어서 이제는 괜찮겠지 하고 방심해서 증상
　에 끌려가게 될 때 — 증상의 주인에서 증상의 노예로
　··· (　)

7)이 증상과 직접적인 관계가 없는 신체적·정신적 문제
　를 증상과 결부시켜 생각할 때 ┄┄┄┄┄┄┄┄┄┄ (　　)
8)주위 환경에 변화가 있을 때 ┄┄┄┄┄┄┄┄┄┄ (　　)
　예:진학, 입사 등
9)기타

9. 광고 유머

제7주

일곱번째 시간

치료자 메모

〈숙제1〉평균적인 한국인

어려운 상황을 일부러 찾아 나서 지금까지 두려워서 감히 못한 행동을 해보려고 할 때 과연 이게 한국 사회에서 적절한 일인가를 생각해본다.

목표 – 어려운 상황을 일부러 찾아 부딪치라는 건 지적통찰을 확인, 강화시키기 위한 계기를 만들려고 한 것이지 그게 과연 한국 사회에서 적절한 것인가를 생각케 한다. 그래서 「할 수 없었던」 치료 전의 입장과 치료 후 지금은 할 수는 있어도 그게 보통 한국인으로선 적절치 못한 짓이므로 「하지 않는」 입장과의 심리적 차이를 분명히 한다.

〈숙제2〉재발에 대하여

어떤 경우에 증상이 재발할 것인가를 생각해 본다.

목표 – 재발되는 원인을 분석 토의함으로써 재발을 예방하며, 또 재발이 되었다 하더라도 그전처럼 비합리적 사고를 함으로써 좌절하지 말고 이를 보다 합리적으로 생각함으로써 악순환에 빠져들지 않게 한다. 동시에 그 정도의 기복은 누구에게나 있는 것이며 산다는 자체가 그러한 것이라는 인생론도 함께 이야기한다.

〈숙제3〉자신에게 주는 편지

자기 자신에게 주는 편지를 써온다.

목표 – 자신을 보다 객관화시켜 치료 과정을 정리해보는 단계다. 통찰을 확인하는 의미도 있고, 환자 스스로도 자신의 자화상이 얼마나 발전, 변화했는가를 볼 수 있다.

이우영 (5분 연설 비디오)

고유석 (5분 연설 비디오)

고유석 생각했던 것만큼 떨리진 않았는데요 ! 웃는 경우가 많은데 그런 것만 주의하면 생각했던 것보다 덜 어색해요.

정선생 원하는 만큼은 안돼도 그 정도면 됐다는 겁니까?

이박사 유석씨는 처음 전반부는 시선이 바닥에 가 있다가 나중에는 상당히 자연스럽게 시선 배치가 잘된 것 같아요.

연설할 땐 시선을 어디에 두느냐가 중요한 포인트인데, 요령은 자기 이야기에 귀를 기울이고 잘 듣고 있는 사람을 보는 겁니다. 청중을 둘러보면서 그런 사람을 찾아야 합니다. 내 말에 동의하듯 고개를 끄덕이는 사람, 중요한 포인트 같은 걸 노트에 적는 사람을 보는 겁니다.

연단에 서면 누구나 자신이 없죠. 자신을 갖고 이야기하기 위해서는 그런 사람을 찾아내야 합니다. 청중 속에는 반드시 있습니다. 만약에 이야기를 하고 있는데 존다거나, 둘이 잡담을 한다든가, 그런 사람을 보면 애들 문자로 김이 팍 샙니다. 내 이야기가 시원찮은가보다 하고 당황하거든요.

이우영 저희 초보자 같은 경우는 차라리 사람들이 관심을 안 가져주는 것이 좋지 않을까 그런 생각입니다만…

이박사 그래서야 내 이야기가 전달될 수 없지요. 먼저 하신 두 분 다 태도라든가 기술적인 면에서 손색이 없는 것 같은데, 유석씨는 내용 면에서 좀 빈약한 것 같아요. 두 분 다 어떻게 이야기를 할 것인가? 시선은? 손은? 목소리는? …하는 데 신경을 쓴 나머지, 정작 중요한 이야기 내용은 뒷전이 되고 만 것 같아요. 「어떻게」가 중요한 게 아니고 「무엇을」 하는 게 중요합니다. 내용만 충실하면 까짓 말좀 더듬거리면 어떻고, 손좀 떨리면 또 어때? 태도보다 내용을 다듬도록 더 많은 연구를 해야겠습니다.

강운구 연사 자신이 불안하고 떨리고 흥분을 해서라도 말을 하니까 비로소 아, 저 사람이 불안해 하는구나 느꼈을 뿐이지 그 전에는 전혀 모르겠어요. 비디오를 보니까 더 확실한데요.

정선생 오늘이 7번째 모임입니다. 다음주면 집단 치료는 1단계 끝을 맺는데…

김명선 다시 부딪쳐 보는 게 숙제. 4번째 숙제를 했을 때 여태껏 베일에 가렸다고 그럴까, 희미한 세계에서 직접 부딪쳐보니까 밝은 걸 느꼈습니다.

친목회에서 야외로 놀러 갔죠. 전 같으면 그런 자리에서 식사하거나 마주보기도 불편하고 사람들이 눈비비지 않나 신경을 썼으나, 그날은 숙제한다는 기분으로 있으니까 아주 시선 두기도 좋고 친구 부인들에게도 신경이 안가고 좋았어요. 야외이기 때문에 편했나 싶었지만 저녁에 식당에 들어가 테이블에서 마주 앉아 식사를 했는데 역시 괜찮았어요.

그런 상황에서, 두 번째 숙제 — 보통 한국인이라면 이런 경우 어떻게 생각하고 행동했을까. 역시 그 상황에선 누구나 남자라면 조금 불편한 걸 느낄 것 같다, 제가 아무리 자신 있다고 해서 친구 부인이나 친구들을 뚫어지게 바라보는 건 예의가 아닐 거다,

대화를 할 때 얼굴을 잠시 봤다가 다른 데로 시선을 돌렸다가 이렇게 했는데 이게 보통 한국인의 태도가 아닐까 하고 생각했다, 이젠 자신 있고 재미있으니까 자꾸라도 볼 순 있지만 참았다, 전에는 패배감이 있었는데 이번에는 승리감이 들었습니다.

다음 숙제는 부딪쳤을 때 왜 수월해졌을까, 수동적으로 노이로제에 끌려가다 보면 종이 한 장 차이인데도 떨려지고, 능동적으로 과감하게 대들어보면 아주 많이 올라가기도 하고 그런 느낌을 받았다. 재발에 대해서 — 그것 역시 우리 환우들은 너무 남한테 피해를 준다는 의식 속에서 살았기 때문이 아닌가, 운구씨와 경직씨 두 분은 배짱이 가장 필요한 사람들이라고 박사님께서 말씀을 해주셨거든요. 저 역시도 배짱이 필요한 것 같았다, 남들이 눈좀 비비면 어떠냐 싶더라구요. 왜 그러냐, 나 때문에 그러는 게 아니고 담배 피다가 연기가 들어가서 비빌 수도 있는 거고, 가려울 때 긁으면 시원하듯이 나도 눈을 비벼보면 시원한 걸 느껴요. 설사 나 때문에 그런 점이 있다 하더라도 크게 죄책감을 가질 필요가 없다는 생각을 했거든요. 재발이 안되려면 항상 능동적으로 살아가기를 맹세하면서, 숙제하는 자세로…

그렇지 않으면 노이로제는 저절로 고쳐지진 않을 거라는 것을 제 나름대로 깨달았습니다.

고유석 명선씨는 해결의 실마리를 찾은 것 같은데.

김명선 제 나름대로 이제는 자신이 붙는데, 재발이…

생각과 실제

내 시선으로 인하여 남이 피해를 받는다는 건 생각이지 실제는 아니다.
그건 스스로 체험을 해야만 안다.

이박사 명선씨가 상당히 자신의 문제를 깊이 생각하고 정확히 잘 보신 것 같아.

지금까지 여러분들은 치료하려고 무진장 노력을 했습니다. 그러나 노력을 하면 할수록 점점 증상은 더해졌어. 왜 그러냐 하면 노력이라는 게 내가 연기를 하는 방법이라든가, 피하려는 방법 아니면 분장을 하는 방법이었거든. 안되는 방법으로 노력했기 때문에 나을 수가 없습니다. 명선씨 같은 경우도 눈에서 무슨 광선이 나오는 것도 아니고 연기가 나오는 굴뚝도 아닌데 도대체 어떻게 자기 눈으로 남의 눈을 비비게 할 수 있느냐, 이건 과학적으로 있을 수 없는 일 아닙니까? 있을 수 없는데도 그렇다고 느끼는 겁니다. 아주 확신을 하고 있었지요. 그래서 남한테 피해를 준다고 항상 조바심이었죠. 과학적으로 근거가 없다는 것을 확실히 증명하기 위해서는 일부러 그렇게 만들려고 시도해 보는 겁니다.

명선씨는 정신적인 것이 아니고 물리적인 현상일 것이다라고 확신을 가지고 이야기를 했는데 그건 남에게 피해를 주지 않나 하는 조바심이 빚은 하나의 비극이었습니다. 피해를 주자, 하고 막상 부딪치면 없어지거든요. 조바심이 빚은 비극이기 때문에 해보자고 뻔뻔스럽게 나올 때는 조바심이 없어지니까 따라서 증상이 생길 수가 없지요. 내 증상으로 인해 남에게 피해를 준다고 믿어 왔지만 그것은 사실이 아니었다는 게 증명되었습니다. 그럴 수가 없는 겁니다, 과학적으로. 그렇기 때문에 제가 자신 있게 여러분한테 해보라고 권한 겁니다. 해보니까 과연 그렇지는 않거든.

여러분들이 실제로 여태껏 착각을 하고 있었다는 확인이 된 겁니다. 그러면 다음 어떤 상황에서 재발이 되겠느냐… 가령 명선씨 같은 경우는 혹시 내가 남에게 피해를 주지 않을까 하는 생각이 있으면 재발이 됩니다. 그럴지도 모른다는 회의가 들면 남을 쳐다보지 못하게 되고, 이렇게 되면 또 따끔거린다고 생각하죠. 그러니까 내가 수세에 몰리는 순간 증상이 생깁니다. 피하거나 숨기려고 그러거나 조마조마해진다거나 이런 수세에 몰려선 안되겠습니다. 능동적으로 대처하지 않으면 안되는 겁니다.

신선희 상사 앞에 나서는 게 힘든 것 같아요. 먼젓번에 결재서류 가지고 다니고 그랬는데 이번 주에도 자꾸 했어요. 문서 전달하면서 마음의 여유가 생기고, 농담도 했어요. 중역실하고 사원들하고 떨어져 있는데 그걸 이유 삼아서 내가 그쪽으로 자꾸 갔죠.

그렇게 가서 얘기를 하니까 거리감도 없어지고 농담을 하면 받아들이고, 평소에 나를 생각할 때 건방지다 이런 정도는 아니지만 말도 안하고 그러니까 약간 거만하다 그랬을 것 같거든요. 사실은 그게 전혀 아닌데 사람들이 오해를 한 거죠. 하지만 이젠 그런 벽이 조금 허물어지고 나도 편해진 것 같아요. 직장생활을 나름대로 착실히 하려고 노력하고 있고 사람들도 구태여 어려워할 필요가 없다고 생각해요. 나를 싫어하는 건 분명히 아니니까. 이사님께서 같이 식사하자고 그러시는데 핑계거리는 많았는데 따라갔어요. 숙제 거리도 있고.(웃음)

그러니까 한번 가보자, 선뜻 마음이 내키더라구요. 식사를 했는데 이사님이 내가 수줍음을 많이 타고 이런 걸 아시는 것 같았어요. 그래서 조용히 식사하고 돌아왔어요. 여자는 얌전해야 하니까요.(웃음)

이박사 그게 한국 여성 아닙니까?

신선희 여자는 말이 없어도 된다고 하셨잖아요. 그렇게 생각하니 한결 편했어요.

이박사 선희씨는 좋은 경험을 했습니다. 그전 같으면 우선 따라가지도 않았을 것이고 억지로 갔다고 해도 불편했을 거야. 말 안 하고 있으면 바보라고 하지 않을까 하는 조바심에서. 하지만 이번엔 심리적 상황이 아주 달라졌어. 한국 여성은 이럴 경우 말을 안해도 된다, 말하자면 면허장을 얻은 셈이지. 조용히 앉아 있어도 되는 거지. 그러니까 말없이 앉아 있었다는 상황은 그전과 같지만 정신 상황은 아주 달랐거든. 이번엔 내가 못해서가 아니고 일부러 안해서 조용한 거고. 이 심리적 차이가 선희씨를 편안하게 해준 겁니다.

신선희 그러나 아직도 말하는 게 긴장이 되고 발표력이 없는 걸 어떻게 해야 될지…

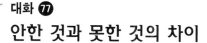

대화 **77**

안한 것과 못한 것의 차이

「남자라면」 하는 고정관념이 스스로 파놓은 함정이다.
마음이 내키지 않는 자리에선 말을 안해도 상관없다.

이박사 아, 또 욕심이!(웃음) 사교계의 여왕처럼 남자를 즐겁게 하고 농담도 하고, 그게 선희씨의 욕심이야. 하지만 걱정 마세요. 선희씨는 타고난 여성이야. 지금도 이야기가 잘 안된다고 하는 겸손 같은 것, 선희씨는 여성스러운 게 몸에 젖어있어. 그런 얘기를 할 때 정말 여성스럽고 매력이 있는데 그것을 자기의 약점으로 생각하고 있으니 안타깝단 말이야.

남자인 경우도 「남자라면 이야기를 잘해야 된다」 — 이 「남자라면」 하는 단서가 소심한 남자를 죽이는 거거든. 사내새끼가 농담 한 마디 못해야 되겠느냐, 이게 바로 내가 파놓은 함정이야. 허구의 남성상이죠. 여기에 빠지는 겁니다. 내키지 않으면 한 마디도 안해도 돼. 그런데도 여러분은 사람이 모인 이상 무슨 이야기건 해야 되고, 이래야지 내가 인정을 받을 걸로 생각하거든. 그게 욕심이야.

성규문 여자라면 가만히 있어도 되지만 남자가 그렇게 있으면 되겠어요?(웃음)

원형수 동감입니다.

이박사 하! 이거 치료 새로 시작해야겠네.(웃음) 다 됐다 싶었는데 또 새삼스럽게 그런 시비를…

원형수 박사님 뜻은 알고는 있습니다. 그러나 실제생활에선 가만히 있기가 힘들거든요.

이박사 한마디 해야 한다는 강박증, 의무감 때문에 그런 거거든요. 사내니까! 그래 사내니까 — 내가 양보하지, 하지만 선희 씨 경우 여자도 그래야 한다는 게 더 문제가 있는 거 아닙니까? 한국 사회에서…

고유석 그러나 연단에 올라선 이상 말을 해야지요.

강운구 그야 말하기 위해 올라간 거니까!

이우영 그런데 무서워 아예 올라갈 수가 없거든.

대화 78
달아나려면 더 무서워진다

증상도 사나운 개나 귀신처럼 달아나려면 더 무섭고 사나와진다.
그러나 마주쳐 대하면 아무 일도 아니다.

이박사 개가 무섭다고 생각하면 달아나야 됩니다. 그러나 개를 마주보고 가만히 서 있으면 개가 안 덤비거든요. 무섭지도 않게 돼요. 달아나면 진짜 개가 쫓아옵니다. 그러면 더 급해지죠. 자연스럽게 서 있거나 혹은 한 걸음 더 나와서 개를 쓰다듬어 주면 개는 조용해집니다. 우리 증상도 그와 마찬가지야.

지금까지 우리는 증상을 무서워한 나머지 달아나기만 했습니다. 돌아서서 개를 자연스럽게 대할 줄을 몰랐어. 실제로 개를 좋아하는 사람들은 아무리 사나운 개라고 해도 쫓아가서 코도 만져 주고 안아주면 조용해집니다. 그런 자세로 증상을 대해야 합니다. 능동과 수동의 차이가 바로 그것입니다. 지금까지는 개한테 겁을 집어먹고 달아나기만 했지 접근해서 달랠 줄을 우리는 몰랐거든. 항상 개가 물 것만 생각을 했죠. 그러나 사실 개는 물지 않았어. 오히려 굉장히 순했다는 것을 여러분이 실제로 느끼고 체험한 거 아닙니까? 무서워해야 할 아무런 이유가 없었어요. 으레 무서우려니 하는 선입관 때문에 언제나 피하려고 등을 돌린 상태니까 더 무섭게 생각이 들었던 겁니다.

여러분, 밤중에 귀신 이야기 해본 적 있습니까? 그때 제일 무서워하는 사람은 문을 등지고 앉은 사람입니다. 이야기가 절정에 오르면 모두들 안으로 모이고, 문 쪽을 마주보고 앉게 되지요. 그러면 무서움이 덜해집니다. 우리가 두려워하는 증상도 개나 귀신놀음과 같은 성질을 갖고 있습니다. 돌아서 달아날수록 더 무섭습니다. 딱 마주쳐 대하는 겁니다. 한결 덜해질 겁니다. 우영씨도 그 연설 문제를 놓고 이상 더 돌아서 달아날 생각 마세요.

자! 그럼 선희씨 문제로 돌아가서 — 앞으로 어떤 상황이 되면 재발이 될 것 같아요?

신선희 별로 바쁘지 않은 시간에 앉아 있을 때 나한테 얘기를 시켜오면 또 긴장을 할 것 같아요.

이박사 누가 오면 어쩌나 싶은 수세에 있는 자세이기 때문이야. 그럴 때 좋은 방법은, 이럴 때 부장님이라도 와서 농담이라도 걸어 줬으면 좋겠다고 생각하는 것이 우리가 지향하는 목표야.

항상 누가 와줬으면 좋겠다 하는 자세에 있어야 합니다. 심심하다. 아무도 안오나 — 이런 자세여야지, 그게 아니고 누가 와서 말을 걸면 어쩌나, 부끄럽고 얼굴이 빨개질 텐데, 말도 한 마디 못할 건데, 아이고 바보 같은 것아 — 이런 마음상태에서 누가 나타나면 꼼짝없이 당하는 거죠.

물론 내가 기분 나쁜 일이 있거나 우울할 때는 사람 만나기 싫을 때도 있지. 그러나 선희씨는 그런 것 때문에가 아니고 사람 만나는 게 불편하기 때문에 아무도 안왔으면 좋겠다 하는 자세는 안돼. 그런 자세에 있는 이상 재발이 됩니다.

강운구 일주일 동안 상당히 힘들었어요. 왜 그런지 점점 힘들어져요. 버스 탈 때, 수업 받을 때 특히 그래요. 박사님 말씀 한 마디에 많은 힘을 얻었어요. 오늘 와서 들으니까 뭐가 부족했나를 알겠습니다. 생각을 잘못 하고 있었구나, 그때 당시도 수동적인 마음 자세에 있었기 때문이라고 생각해요. 자꾸 움츠러드는 것 같아요.

이박사 운구군, 지난 1년 동안 방귀 한 번 여러 사람 앞에서 시원하게 뀌어본 적 있어?

강운구 네? 여러 사람 앞에서요? (그의 놀란 표정에 모두 웃음) 생각도 못해봤어요.

이박사 우리보다 훨씬 더 나은 사람이야. 나도 가끔 실례를 할 때가 있는데… 여러분은 어떠세요? 일년 내내 한 번도 실례한 적이 없는 분?

곽재건 일부러 큰소리 나게 뀌고 어이 시원하다, 이런 사람도 있죠.

성규문 반에서는 웃기려고 일부러 뀌는 애도 있어요.

이박사 실수하면 어쩌나 싶은 지나친 자세에 빠지니까 걱정이 안될 수 없지. 운구군은 치료 전보다 자세가 다소 완화된 점은 그게 착각일 수도 있다 하는 것을 70~80% 믿고 있는 것 같아. 그래도 아닐 수도 있다, 이런 기분도 조금 있는 것 같고. 운구군은 그게 엄청난 비극이라고 생각하고 있어. 하지만 그게 때로는 유머가 될 수도 있어. 운구군이나 경직씨는 이만큼 큰 비극은 없다고 생각하지만 다른 사람이 생각하기는 그건 사실 희극이야. 방귀, 이거 따지고 보면 웃기는 거 아냐! 비극이 아니고 희극의 소재가 될 수 있다는 겁니다.

임경직 미팅을 했습니다. 후배들 따라 나가긴 했는데 억지로 끌려갔어요. 피하려고 했지만 사람이 모자라니까 자리만 채워달라고 해서 갔는데 상당히 힘들었습니다. 나의 약점이 잡히지 않을까, 그런 생각하면서 앉아 있는데 상기가 되는 거예요. 오지도 않았는데 지레 겁먹고 가만히 있지 못하고 안절부절 못하고 있었거든요. 여자 파트너들이 와서 자기네들끼리 어떻게 하더니 내 앞에 앉았어요. 얘기를 하는 동안 처음에는 상당히 불편했는데 시간이 지날수록 그런 걸 못느꼈어요. 그러나 아직도 그게 뭐 때문에 그러는지 감이 잘 안잡혀요.

이박사 처음에는 안절부절 못하다 조금 있으니까 괜찮아지더라, 왜 그랬을까?

고유석 처음에는 어려운 상황을 기다리고 있는 상태니까.

임경직 제 자신은 거의 반사적인 걸 느꼈습니다.

신선희 싫은 걸 끌려갔으니까 당연하죠.

이우영 그러다 나중엔 「에라 모르겠다」…(웃음)

이박사 분석을 잘 해주셨습니다. 후배는 자꾸 가자고 그러고, 그렇다고 아주 싫은 건 아니고, 가고 싶기도 하고, 한편 불편할 것 같고 ― 이러한 마음의 갭이 있었던 겁니다. 마음에 균열이 생겨 거기 빠진 겁니다. 수세에 몰린 거죠. 불안할 수밖에!

이우영씨 같은 경우 연설을 한다고 딱 정해야 되는데 달아날 구멍을 열어놨다고 그랬거든요. 열어놓은 것만큼 불안하게 돼. 왜? 아직도 피할 가능성이 있거든. 고양이에게 쫓기던 쥐도 정말 달아날 구멍이 없다고 생각하면 돌아서 고양이한테 덤빕니다. 이게 동물의 심리야. 달아날 구멍이 정말 없다고 생각하면 아주 용감해집니다. 그리고 피해 달아날 적엔 보잘것 없지만 막상 닥치면 잘 해내거든요. 여자들이 오기 전 까진 아직 달아날 기회는 있어. 그러기 때문에 예기불안이 계속된 거죠. 그러나 막상 여자가 앉았는데 어디로 달아나? 그러니까 이제는 수세라기 보다 달아날 수도 없고 하니 기왕 버린 몸이 된 거지. 구실을 만들 수도 없고 죽으나 사나 끝까지 앉아서 버티는 겁니다. 달아날 수 있는 가능성이 있는 동안은 불안했어. 그게 예기 불안이야. 경직씨는 여자가 오기 전 안절부절 예기 불안이 높았어. 보통 사람도 이럴 경우 가슴이 두근거리긴 마찬가지야. 하지만 그건 어떤 여자가 올까 하는 호기심 때문이죠.

　그러나 경직씨는 호기심이 아니고 자기 증상 때문에 그랬어. 호기심보다 공포가 더 많았어. 그런데도 막상 여자가 오니까 그 이후 잘 했거든요. 당하면 하게 돼 있다, 경직씨가 얻은 성과는 당하면 할 수 있다는 자신입니다. 당하기 전까지가 문제다, 처음에는 내가 수세에 몰려 끌려갔어. 그러니까 불안했어, 나중에는 어쩔 수가 없게 됐다 ─ 그러니까 능동적인 자세로 자기도 모르게 바뀐 거죠.

　임경직 직장 다니는 친구하고 하루를 돌아다녔습니다. 만원 버스 타고 사람 많은 곳에 가고, 나중에 집에 같이 와서 물어봤어요. 그런 걸 못느끼겠다고 그래요. 상기가 됐는데 이 친구는 모르겠대요. 듣기 좋으라고 하는 소린지. 한데 사람들 시선을 보면 그렇지가 않거든요. 친구는 내가 냄새난다고 하니까 「아직도 너는 자아의 싸움에서 지고 있다」면서 자기는 더 이상 얘기해 줄 것도 없고 네가 앓고 있는 병은 알아서 고쳐야 된다고 잘라 말해요.

　김명선 냄새가 안 나는 사람한테 난다고 할 수도 없는 거 아닙니까?

　이우영 여기선 안나요.

　성규문 나는요, 거짓말 하고 사는 사람 아닙니다. 내가 안난다고 할 땐 믿어야 돼요. 난 아부도 할 줄 모르는 사람입니다. 그걸 못해 밤낮 싸울 일이 자주 생기니까요.

원형수 저번주에 아주 힘들었습니다. 집 식구도 눈치를 챘는지 식사를 같이 하면 불편하다고 했어요. 그 얘기를 아내가 했거든요. 제 동생도 오빠랑 같이 밥을 먹으면 불편하대요. 제가 밥을 먹으면서 트림을 하니까 상대방이 거북하게 밥을 먹게 되거든요. 내가 언제 화를 낼지 불안하다, 왜 밥을 예민하게 먹느냐, 사사건건 조그마한 것까지 신경을 쓰느냐, 건강을 위해서 너무 신경을 쓰지 말라 — 이런 충고를 아내한테서 처음 들었습니다.

동생이 30일 결혼했습니다. 손님 접대하는데 왜 그렇게 허둥지둥인지, 생각해 보니까 접대할 때마다 제쪽에서 불편하니까 얼버무리고…

이박사 왜 나빠진 것 같아요? 결혼식장에서…

원형수 기복이 심한데, 큰일이 아니고 편하고 이러면 조금 낫고 얽히고 설키고 그러면 더 나빠집니다.

이박사 형수씨가 왜 재발했는지…

김명선 저도 처음 결혼하고 얼마 동안은 당신만 보면 불안하다고, 아내가 그래요. 신경질을 낸다고. 그래서 어떤 계기가 있어 다 털어놨지요. 내가 어려서부터 환경이 어렵고, 억눌린 생활을 하다 보니까 사람들 앞에 나서면 당신이 보다시피 쩔쩔매고 신경질도 잘 내고 한다고. 지금 제가 여기 다니는 것도 알고 있어요. 그렇게 얘기하고 나니까 이젠 집에서 굉장히 편해요. 솔직히 말하길 잘했지요.

증상 재발의 이유

어느 상황이든지 수세에 몰리지 않아야 한다.
수세란 즉, 쫓기는 입장이므로 증상을 부르는 원인이 된다.

이박사 형수씨는 부인이 여기 오는 줄 알고 있습니까? 형수씨는 광고를 할 필요가 있습니다. 아직도 숨기려고 하고 있어요. 그건 수세야. 다 털어놓으면 어떻겠어요? 수세에 몰릴 필요가 없잖아요. 저 사람이 어차피 나를 아니까. 아까 경직씨처럼 기왕 버린 몸, 그러고 나니까 편해졌거든. 마찬가집니다. 가족한테도 이야기할 필요가 있어요. 부인한테도!

결혼식에서는 왜 증상이 재발했느냐, 불편하니까 가급적이면 빨리 만나고 적당히 얼버무리고 넘기려고 하니 쫓겨가는 입장이 된 겁니다. 수세에 몰렸지요. 그것이 증상을 재발하게 만든 원인입니다. 능동적인 자세에 있어야 되는데 계속 쫓기는 자세에 있었기 때문이죠.

고유석 새로운 여직원에게 업무를 설명해야 했는데 — 글씨를 써서 설명해야 되는데 얼굴이 붉어지고 떨리고 해서 대충 이야기만 하고 말았어요. 거의 수세에 몰리기 직전까지 간 것 같아요. 그러나 떨리는 게 정상이라고 생각하니까 어느 정도 자신이 생겼고, 완전 수세에 몰리진 않았습니다. 그럴 수도 있다는 전제하에서 시작했기 때문에 다소 쉬웠던 것 같아요.

이박사 설명하는 것까지는 자원을 해서 한다 하는 기분으로 했으니까 잘됐는데 쓰는 것까지 하려니까 떨린단 말이죠. 쓰긴 썼어요?

고유석 팔에 힘이 들어갔어도 쓰긴 썼습니다.

이박사 그럴 때 우리가 할 수 있는 방법은 어떤 걸가? 써서 설명하면 쉬울 텐데 말로 하니까 점점 더 어려워지죠.

정선생 에이, 알아들으면 좋을 텐데 못쓰는 글씨 쓰게 만들어!

이박사 실제 쓰면서 떨리면 「내가 좀 떨리지!」 「나는 아직 총각이라 그래」 「아가씨 앞에서는 자꾸 떨린다」 이런 말 한 마디면 되는데 이 소리를 못했거든. 해보세요, 손해가지 않습니다. 순진하다고 호감을 살 겁니다. 광고를 했으니 이젠 떨리기도 덜할 겁니다. 일거양득이죠. 그뿐입니까? 참 솔직한 사람이라고 존경할 겁니다.

원형수 그렇게 하고 나서 잘 풀리면 좋은데, 얘기하고 나니까 더 떨리더란 말이에요. 그리고 나서 상대방의 얼굴을 쳐다보면 그 사람도 그렇고 보는 사람도 불편한 것 같아요.

이박사 더 떨릴 것 같죠? 그게 지금까지의 우리의 착각이었어요. 그러나 신기하게도 막상 하니까 덜하더라 하는 게 또 지금까지의 치료 경험이었잖아요.

이영희 저희집에 친척분들이 몇 분 오신다고 연락이 왔는데 그만 걱정이 되는 거예요. 숙제하는 셈치고 기다렸다가 만날까, 아니면 학교로 달아날까? 할머니랑 고모님들 네 분이 오시는데 그분들이 항상 영희는 영리하고 똑똑하고 그렇다고 칭찬을 하셨나본데 그런 게 부담스럽고 해서 학교로 달아났죠. 그러나 한 번 부딪쳐 보자, 그런 생각이 들어 다시 집에 갔어요. 들어갔는데 부담 같은 건 하나도 없었고, 같이 말씀 나누고 했는데 생각보다 마음이 편했어요.

이박사 처음에는 달아났다가 학교 가서 생각하니까 바보스러운 느낌이 들었지. 바보처럼 왜 그랬나 싶어서 후회가 되어 다시 돌아왔다는 거죠. 이젠 쫓기는 자세가 아니고 능동적으로 만나러 온 거죠.

이영희 나름대로 생각을 해봤는데, 일을 할 때, 시험 같은 것도 그렇고, 아주 자신이 있거나, 아예 포기 상태이면 긴장이 없을 것 같아요. 집에 갔을 때는 그런 생각을 했어요. 빨개져라, 극한 상황에 부딪치면 부딪쳐라, 자포자기라고 할까요. 될 대로 되라, 그런 생각을 하니까 편하던데요. 자신이 있어서 간 건 아니거든요. 빨개도 할 수 없다는 그런 기분이지요.

이박사 자포자기는 아니고, 내가 능동적으로 찾아 집에 들어갔기 때문에 그렇습니다. 만약 그때, 저녁 먹을 시간은 됐고 저녁 값은 없고 집에 들어가지 않으면 안되게 된 상황이었다면 훨씬 더 불편했을 겁니다. 그게 아니고 내 스스로 가기로 결심하고 간 거니까 상황이 달라진 거죠. 빨개지려면 져라, 빨개진다고 해서 누가 빨갱이라고 할 사람도 없고 순경이 잡아갈 일도 아니야. 바보라고 할 사람도 물론 없다. 여성에겐 오히려 장점이고, 매력이다 — 그걸 잘 받아들여야 되는데 선희씨나 영희씨는 아직 잘 안

되는 모양입니다.

성규문 저번에 애인의 셋째 오빠가 결혼했는데 전화를 걸어 이번엔 저 혼자 방문했어요. 한 시간 반 정도 앉아 있었어요. 처음에는 그 사람이 내가 자꾸 안만나려고 빼니까 나를 완전히 바보 취급했었나봐요. 좀 서먹서먹하긴 했지만 같이 얘기하고 그러다 보니까 말도 저한테 꿇리는 것 같았어요. 재미있게 얘기하다 왔습니다. 표정도 부드러웠고요. 평균적인 한국인이라면 이럴 경우 어떻게 생각을 했겠느냐는 숙제. 누가 나를 뚫어지게 쳐다보면 내가 불안해질 것이다. 따라서 뚫어지게 봐선 안되겠지만 눈싸움에 져선 안된다. 특히 오빠라는 사람은 나를 병신처럼 생각까지 했던 모양인데, 내가 좀 남자답게 뭔가 보여줘야 할 텐데 그게 잘 안돼 아쉽습니다.

이박사 상당히 편했던 큰 이유 중의 하나는 자기가 전화를 걸고 자기 발로 걸어갔다는 사실입니다. 피해서 쫓겨간 게 아니고 찾아갔다는 사실이 편하게 한 큰 이유죠. 그래도 아내될 사람의 오빠 집에 처음 간다고 그러면 평균적인 한국 사람이면 신경이 쓰이지. 조심이 되고. 오빠가 반대하면 결혼을 못할 수도 있잖아요. 심판을 받는 그런 기분이 드는데 신경이 안쓰여야 된다고 생각하는 게 규문씨의 잘못이고, 착각이야. 좀 위축이 되고 불편하고 조심스럽다. 이게 보통 사람의 생각 아니겠어요?

규문씨는 그래선 안된다고 생각하거든. 그렇게 하면 아마 나를 바보라고 생각할 것이라는 착각에 사로잡혀 있어.

성규문 오빠들도 자기 여동생한테 잘 생각해 보고 결혼하라고 부정적으로 말했대요.

이우영 일주일 동안 상당히 발전이 있었습니다. 박사님 말씀대로 과연 이거구나 하고 느꼈습니다. 저희 직원이 120명 정도 되는데 그 앞에서 호령을 했고 왜 늦게 나오느냐고 지적도 했고 아, 그 어려운 일을 했어요! 저런 바보 같은 사람이 왜 저렇게 하냐고 직원들이 이상히 생각진 않았던 것 같아요. 두 번 다 무난하게 잘했다, 이겁니다. 며칠 전만 해도 상상도 못하던 일이었죠. 왜 해냈느냐, 그것은 부딪쳤다는 사실입니다. 무슨 요령으로 부딪쳤느냐, 「증상의 주인이 되라」는 것, 저는 여기에서 힌트를 얻었어요. 지금까지 내가 불안에게 쫓겨다녔다, 가야지 하고 갔다가도 불안이 「가지 마」하면 불안한테 지고 말았거든요. 불안에 끌려 다녔지요.

그러나 이번엔 불안을 이용했다, 내가 불안을 이끌고 다녔다는 겁니다. 제가 느낀 것은 불안이 오히려 필요한 거구나 하는 생각이 들었어요. 만약에 불안, 긴장이 없다면 여러 사람 앞에 가면 잠이 올 것이다. 불안이 있기 때문에 적극성을 보여줄 수 있고 그렇다, 불안을 이용하자.

처음에 불안을 무서워했기 때문에 여러 사람 앞에 나설 수가 없었다, 불안을 받아들이면서 제가 하고 싶은 것을 능동적으로 하면 만사가 해결이 된다, 그래서 불안의 주인이 된 겁니다. 강조하고 싶은 것은 「불안을 이용하라」는 겁니다. 불안을 쫓으려고 하면 해결이 안된다.

삶은 곧 불안

불안이 없는 삶이란 꿈나라에서나 있을 수 있는 일.
산다는 것이 곧 불안이요, 불안 없는 삶이란 곧 죽음이다.

이박사 좋은 지적을 해주셨습니다. 불안을 없애려는 노력만큼 바보스런 짓은 없습니다. 불안이 없어서는 안돼요. 모든 동물이 생존하기에 필요한 것이 불안입니다. 높은 데 올라가도 불안하지 않다면 함부로 까불고 돌아다니다가 벌써 떨어져 죽었을 거야. 불안은 우리를 지켜주는 거다, 불안을 이기려고 하지 말고 없애려고도 말고 불안을 있는 그대로 우리가 인정을 해야 되고, 그걸 그대로 받아들이고 불안을 안고 살아가야 합니다. 불안과 함께 살아가는 자세가 중요하다는 겁니다.

곽재건 극한 상황, 자살하고 싶다는 생각, 완전히 정신이 혼란했던 상황을 이기고 나니까 두려움이 별로 없어요. 어떤 증상이 오더라도 피하지 않고 나간다. 시시각각으로 망상도 오고, 지금도 불안하고 그래요. 하지만 내가 바닥까지 왔다, 더 이상 갈 곳이 없다, 이런 걸 배경으로 깔고 사니까 살맛이 조금 나요, 두려울 것도 없고. 애들 수업할 때도 시선을 피하고 이런 것은 없어요. 생활이 어렵기는 하지만 난 바닥까지 가봤으니까 더 이상 내려갈 데가 없다, 이런 생각으로 살아나갑니다.

이박사 좋은 말씀 해주셨는데 많은 학자들이 이런 얘기를 하고 있습니다. 노이로제를 한번 앓고 그것이 어떤 계기에 의해서 치료가 된 사람은 아무런 노이로제 증상 없이 10년 동안 도를 닦은 사람보다 더 인간적인 성숙을 하고 발전을 한다. 보통 사람들은 절에 가서 10년 도를 닦아도 지금 우리처럼 「아, 그걸 내가 모르고」하고 감탄하진 않을 겁니다.

대화 ⑧

노이로제와 내면적 성숙

노이로제를 앓다가 극복한 사람은 노이로제 증상 없이
10년 도를 닦은 사람보다 더 인간적 성숙을 한다.

이것은 단순히 증상이 치료됐다는 뜻만은 아닐 겁니다. 인생을 보는 눈이 달라졌다는 걸 의미하는 겁니다. 인생을 보는 철학이 생긴 것이지요. 10년 수도한 사람보다 인간적인 성숙을 하고 발전을 한 거죠. 재건씨는 우리보다 더 심각했습니다. 자살을 극복할 수 있었던 사람이 뭘 못하겠습니까? 우리가 심한 노이로제를 앓아서 저 바다까지 고민을 하고, 그리고 그것이 치료적 계기를 통해 극복될 수 있었다는 건 그만큼 우리가 성장을 했다는 뜻입니다. 그런 의미에서는 긍지를 가져도 좋습니다. 우리는 너무 착했기 때문에 이런 고민에 빠진 겁니다. 증상을 통해서 산다는 게 무엇인가, 인간 심리가 어떤 것이다 하는 것을 깨우칠 수 있는 계기가 된 것입니다.

계순동 제 입사동기에게 제가 여기 다닌다고 이야기를 했고, 마음에 드는 여자한테 전화도 하고, 그리고 제일 중요한 것은 오늘 전화 받은 일인 것 같아요. 리비아 현장에서 전화가 왔는데 전화가 상당히 듣기가 힘들었어요. 제가 전화 받는 노이로제가 언제 생겼느냐면 신입사원 때 조용한 부서였는데 부장님 앞에서 전화를 해야 되고, 큰 소리로 해야 하니까 딴 사람의 이목이 전부 다 집중이 됩니다. 그걸 숨기기 위해 손으로 가리고 이렇게 했는데 오늘은 전화가 왔기에 이사님을 직접 보고 받진 못했지만, 바로 옆에 벽을 보고 내 얼굴을 보라는 듯이 큰소리로 전화를 했지요. 가슴이 후련한데요. 잘 안들리니까 큰소리로 고함치면서 말입니다.

이박사 축하드립니다. 리비아 전화보다, 마음에 드는 여자한테 전화한 게 더 궁금한데.

계순동 친구 결혼식 때 만났는데, 집들이할 때 또 만났습니다. 내 친구가 저한테 소개시켜 주려고 노력을 했는가봐요. 저한테 전화번호만 가르쳐주고 네가 전화하든지 말든지 마음대로 하라고. 지난 주 일요일 아침에 데이트하자고 전화했지요.

김선생 별 불편 없이 잘 됐어요? 만났어요?

계순동 그 여자도 순순히 나오겠다 그러데요. 만났어도 전혀 불편한 증상은 못느꼈어요.

이박사 축하합니다. 그러나 여자한테 데이트 약속을 할 때는 최소한 일주일 전에 하는 게 예의죠. 순동씨와 정말 데이트를 하고 싶어도 일요일 아침에 전화해서 만나자고 그러면 여자 자존심이 상해서 안나오는 수도 있게 됩니다. 또 한 가지 궁금한 건, 입사 동기한테 여기 와서 치료한다는 얘기를 하니까 뭐라고 그럽디까? 깜짝 놀라죠?

계순동 전혀 놀라지 않고 자기도 나와 똑같은 증상을 가지고 있다고 그러데요. 그 소리 듣고 놀란 건 오히려 내쪽이었어요. 그 친구는 항상 의젓했거든요.

이박사 그 회사에 순동씨 같은 그런 문젯거리로 고민을 하고 있는 사람이 상당수 될 겁니다. 그 친구나 순동씨처럼 시치미 뚝 떼고 아무렇지도 않은 척하고 있는 것뿐입니다.

계순동 그 말 거짓말 아닐 겁니다. (웃음)

현기성 지난 주일 너무 바빴다. 친구 딸 백일 잔치, 수영장, 평일은 일이 많아서 골치 아프고요. 어제는 밤 2시까지 일했는데 오늘 윗사람한테 일을 이 따위로 했느냐고 욕을 먹어가지고 피곤해 죽겠는데 이것 끝나고 친구 아버님 돌아가신 데 가야 되고, 이번 주도 빡빡합니다. 그래서 증상에는 신경을 못쓴 것 같아요.

이박사 굉장히 바쁜 것도 한 가지 방법이다. 바쁘니까 이 생각 저 생각 할 겨를도 없지요. 바쁘면 무섭고 불안하고 할 여유가 없어. 이것도 하나의 치료다. 그러나 기성씨는 일부러 그런 게 아니고 바쁘지 않으면 안됐기 때문에 그런 것은 다행입니다.

현기성 하나 재미있는 게 직장 가서 얘기를 할 때 가끔가다 떤다든지 목이 잠겨버리는 수가 있는데 그런 기회를 일부러 자꾸 만들려고 하니까 잘 안되더라구요. 계속해서 더듬어보고 떨어보자 해도 그게 안돼요. 그게 재미있는데요.

이박사 일부러 하려고 하면 안되죠. 자, 그럼 슬라이드를 보시죠. (정상 학생의 대인 불안증 조사)

이박사 많은 사람이 저런 문제를 가지고 있는데도 이야기를 안 하는 겁니다. 심지어는 부인도 모르고 이 세상 아무도 몰라요. 여러분과 제일 친한 친구, 아니면 옆자리 직장 동료도 똑같은 문제를 가지고 있을런지 모르죠. 정도의 차이는 있겠지. 자신 있게 붉어지더라 ― 유석씨 보기에 그 사람이 자신 있게 붉어지는지 모르지만 그 사람한테 물어보면 솔직히 자살까지 생각하고 있는지 모를 일이야. 부끄럽게 생각하고 있기 때문에 말을 안 할 뿐입니다.

여러분도 아무에게도 이야기 안했잖아요. 내가 한 가지 억울하게 생각하는 게 이 점입니다. 여러분을 이렇게 잘 치료해 드려도 밖에 나가 제 칭찬을 안 해 준다는 겁니다. 의사는 치료받은 환자가 다른 사람에게 선전을 잘 해줘야 인기가 올라가잖아요. 그런데 대인공포증만은 병원 선전을 안해 준다는 점입니다. 여기 다녔단 말만 해도 큰일날 줄 알거든요. 치료 잘 해주고도… 난 억울합니다. (웃음)

대화 82
너무 착해서

남에게 너무 잘하려다 병이 생긴겁니다.

　여하튼 서양 사람들은 우리와는 달라요. 여름에도 추우면 밍크 외투까지 입고 나옵니다. 그 사람들은 개인주의 사회니까 남이 뭐라고 해도 상관 않거든. 그러나 우리는 남이 뭐라고 하는가에 너무나 신경을 씁니다. 우리는 배려의식이 많은 백성이기 때문입니다. 남에게 피해를 줘서는 안된다고 훈련을 받아왔기 때문에 그렇습니다. 양심 비대증, 이게 너무 심해서 과민이 된 것입니다. 대인 긴장, 대인 불안, 심해서 대인공포증까지 오게 된 가장 근본적인 원인은 남에게 피해를 줘서는 안된다 하는 의식이 너무 철저해서 그렇습니다. 100년 후의 한국사람들에겐 이런 증상이 줄어들 겁니다. 우리도 서구화, 개인주의화 돼가고 있기 때문이죠. 그건 어떤 의미에서는 슬픈 이야기입니다. 환자가 줄어드는 건 다행이지만 남에게 불편을 주지 말아야 한다는 배려의식이 사라진다면 이거 슬픈 일 아닙니까? 남이 나를 어떻게 생각할까 하는 이 자체는 아름다운 것입니다. 다만 그것이 너무 심해져서 우리처럼 고통을 받게 되고, 착각을 하고, 오해까지 ― 그게 마치 사실인 양 믿게 되고 하는 이런 비극이 생긴 것은 문제지만, 아름다운 풍습인 건 사실입니다. 아름다운 마음가짐에서 시작한 것이 너무 잘하려고 하다 보니까 병이 되어버렸지요. 그러니까 증상 자체가 절대로 나쁜 것도 아니고 창피한 일도 아닙니다. 진짜 나쁜 사람이면 이런 증상이 생기지도 않습니다.

자, 그럼 자신에게 주는 편지를 낭독하겠습니다.

이영희 영희에게, 비가 내린다. 남들이 적당히 고민하고 적당히 살아갈 때 너는 남들보다 더 멋지게 생각하고 더 멋지게 살아야한다고 욕심을 부렸지. 하지만 욕심이 전혀 없는 사람은 아마 없을 거야. 적당한 욕심은 일종의 꿈일 수도 있지만 꼭 성공할 수 있는 동기가 되니까. 하지만 넌 지쳐있어. 너의 욕심들과 무거운 짐들을 모두 벗어 던져라. 너의 가장 단순한 모습으로 살아가라. 너는 너무 힘겹게 살아왔잖니. 남의 눈치보고 남의 머리 속에까지 들어가서 너의 모습을 바라보느라고 정신이 없었지. 남이 나를 어떻게 봐줄까, 예쁘게 봐줄까, 밉게 봐줄까, 잘났다고 봐줄까, 못났다고 봐줄까. 어쩜 넌 남의 인생을 살고 있었던 것 같아. 이젠 너도 스스로의 인생을 살 때가 왔다. 그래, 지난 시절을 원망하거나 슬퍼하지 말자. 넌 그로 인해 많은 경험을 할 수 있었다. 네 인생을 똑바로 바라볼 수 있게 되지 않았니. 이 순간 살아 있다는 이 한 가지만으로 충분히 행복하다. 이제 연극은 모두 끝났다. 관객은 모두 돌아갔다. 너도 어서 무대에서 내려와 화장을 지워야지. 하지만 이제 새 날이 밝아오면 너는 서투른 어릿광대는 그만두고 너의 꾸밈없는 모습으로 돌아오기를 굳게 믿는다. 꼭 그렇게 될거야. 안녕."

현기성 현기성 앞. 어쩌다 엉뚱한 착각, 무리한 욕심에서 헤매다가 합리적인 생각을 이곳에서 배우게 되었다. 의식의 왜곡, 너무나 타당한 말이다. 하지만 나같이 소심한 사람은 이론을 아는 것만으로는 잘 안되는 것 같다. 유머, 자신감, 지구력 — 내가 가장 갖고 싶어하는 것들이야. 언제나 웃을 수 있는 여유, 이것이 부럽다. 요사이 나는 평범한, 평균적인 사람으로 잘 살아간다. 억울하게 당해야 할 경우는 소리쳐 반박하고, 할 짓은 다 하나 언제나 궁지에 몰린다. 내가 적극성이 없다고 누군가 나를 그렇게 평하였다. 사실 그런 것 같다. 언제나 방어자세, 수동적인 것이 나의 몸에 배어 버린 것이 아닌가 걱정이다. 보다 능동적으로 되자.

계순동 순동아, 너는 왜 내가 하자는 대로 하지 않는지 모르겠다. 오랫동안 넌 나를 괴롭혔지만 그때마다 나는 강압적으로 널 따르려고 했고, 결과는 언제나 나의 패배로 끝났다. 그러나 지금부터는 너를 다루는 방법을 달리 해야겠다. 앞으로 네가 하는 일이 모두 옳고 당연한 걸로 받아들이기로 했다. 노래 못하는 사람에게 노래를 더 시키고 싶고, 잘 하는 사람에겐 별로 시키지 않은 사람의 마음처럼 너도 언젠가는 청개구리 짓이 싫증나겠지.

곽재건 미스터 곽에게.

너는 무던히도 많이 참아왔구나. 내가 생각하기에도 대견하다. 그 많은 역경의 나날들을 너는 어떻게 지내왔냐. 너는 하늘을 원망했었지. 그리고 절망의 나락에서 울음지었었지. 그러나 너는 이겼다. 3주간의 정신 방황에서, 아직 제대로 서지는 못했지만 그래도 꿋꿋하구나. 같은 병을 앓더라도 죽는 사람이 있고, 살기도 하듯이 너는 그 병을 지금도 감싸 안은 채 머물고 있지만 병이란 언젠가 낫는 것일 거야. 너는 무척 강인해. 큰 파도가 몰아쳐도 너는 분명히 극복할 거야. 너의 전 모습보다 더욱 의젓한 너 자신을 발견했기에 축하한다.

이우영 우영에게.

나는 네가 얼마나 불행하게 살아왔는가를 요즘에 와서 알았다. 너는 어느 철학자가 말한 인생 고뇌를 무던히도 감수했구나. 고뇌, 고독, 번뇌를 숙명처럼 알고…

나는 너에게 이렇게 편지를 쓰는데 눈물이 자꾸 나온다. 뜻밖의 전혀 다른 너를 발견하여 감격의 눈물이 나오는 것이다.

긴 세월을 두고 이러한 너를 찾아 헤매었다. 그러나 이제는 너를 찾았다. 됐다. 정말 신기하고 놀랍다. 너는 이제부터 보통사람처럼 살아야 한다. 너는 아직도 반성하고 깨닫고 뉘우치며 이박사님과 그 팀의 말씀을 너의 신조처럼 삼아 항상 참회하면서 살아가야 한다.

성규문 규문아.

너는 참 바보로구나. 왜 그렇게 힘들게 살아가니. 뭐가 마음에 걸리고 무엇이 신경이 쓰이길래 그렇게 힘들게 살아가느냔 말이다. 규문아, 부탁이다. 너는 아무렇지도 않고, 아무렇지도 않게 살아갈 자신 있잖니. 용기를 내라, 인간은 다 똑같다. 네가 물론 학업 성적이나 완력을 쓰는 데에서는 남에게 지지 않는 과거를 가지고 있다는 것을 잘 알고 있다. 그러나 그것은 하찮은 거야. 네가 예수냐, 뭐냐. 너는 인간이다. 항시 조금의 실수는 할 수 있는 거야. 딴 사람은 그걸 아무렇지도 않게 받아들이고 살아가는데 너 혼자 그렇게 죄진 놈처럼 오그라들고, 짜불어들어서 세상을 살아서 무엇을 하겠다는 거냐. 증상, 그것 우습게 생각해라.

너를 더 성숙하게 만들어 주시려고 하나님이 고맙게 시리 너에게 하사한 것이라고 생각해라.

고유석 유석아.

너는 너에게 맞는 옷을 두고 맞지도 않는 옷을 입고 마치 잘 맞는 것처럼 착각하며 으스대었지. 그러나 언제부터 그 옷이 어울리지 않는다는 것을 알았지. 이젠 벗어야 돼. 넌 그럴 수 있어.

임경직 경직에게.

자네 병은 자신만이 고칠 수 있다고 보니까 내가 항상 같이 지내도 느끼지 못하는 것을 자네 혼자서 느낀다면 계속 자아의 싸움이니 지금의 문제보다 더욱 더 문제가 심각하게 되어서 정말 사회 낙제생이 될 거야. 그러니 자네의 소심증은 이 기회에 조금씩 버리고 대범하게 생각하고, 대범하게 행동할 수 있는 자아를 키워가면서 꿈을 피워보게나. 지금 자네에겐 이것보다 신경 써야 할 것이 더 많을 거라고 보는데, 그건 자네가 더 잘 알고 있겠지. 그리고 의기소침해 있는 자네의 가면을 벗어버리고 굳센 자네를 보여주게나. 그럼 여름방학 잘 지내게.

강운구 운구에게.

나는 너에게 좀 더 인내와 용기를 가지라고 얘기하고 싶다. 피하거나 도망칠 수 없다는 것을 너는 잘 알고 있지 않니. 내가 너의 왜곡된 성질 속에, 너는 너의 증세와 싸워 이겨야 한다. 아니 반드시 너는 이길 수 있다. 단지 시간과 인내와 용기가 필요할 따름이다. 너무 조급히 생각하지 말아라. 인생은 마라톤이라는 말을 너는 많이 듣고 있지 않니. 지금은 단지 넘어진 것이다. 다시

한 번 일어서기만 한다면 너는 너의 증세와 너의 인생에서 밝은 미소를 지을 수 있을 것이다.

신선희 선희에게.

먼저 너에게 용기와 희망을 주고 싶어.

엄습하는 두려움, 한결같은 불안, 침체된 감정, 이러한 모든 상황을 이해해. 너를 이해할 수 있어. 하지만 약하기만 한 자신에게 연연해하는 자기 연민은 아무런 도움도 되지 못한다는 것을 너는 이미 알고 있었어. 산다는 것, 그건 힘든 거야. 이제 난 허상의 벽을 볼 수 있을 것 같아. 매일의 생활을 노력의 과정이라고 보고 결과를 생각하지 말고 순간을 이길 수 있는 그 과정에 충실하자. 자신에 눈감지 않고 맑게 깨어있음으로 해서 나를 사랑하듯 나 아닌 사람들을 사랑하자.

없는 듯 엄연하게 존재하는 것들을 깨닫게 하시고 어두운 내 눈을 다시금 뜨게 해주신 여러분께 감사를 드려요. 진정 감사합니다.

김명선 명선에게.

불행과 고통을 함께 하면서도 용케도 버텨온 너. 수많은 좌절 속에서도 끝내 지지 않고 잘도 참았구나. 그중에서도 지난 10년 동안 나를 괴롭혔던 노이로제. 노이로제 때문에 보다 나아질 수 있는 내 환경이 방해를 받았고, 대인관계에서 많은 오해를 받았지. 그러나 이제는 정말 완치되려나. 이제는 다시 노이로제 악령에서 벗어나 신나게 살 수 있을까. 그렇다. 이제는 다 나은 것 같다. 아니 꼭 완치할 수 있다. 이제 내 나이 30세, 아직 내 앞길이

창창하다. 나이에 비해 남보다 인생 경험을 더 많이 했다. 경험을 바탕으로 해서 인생을 되씹으면서 멋있게 살아보자. 남자답게 솔직하게 건강하게 살자. 남한테 쩔쩔매지 말자. 내가 어디가 부족한가. 이 세상에 내가 없으면 무엇이 존재한단 말인가. 나 자신을 존중하자. 자기 자신을 존중하지 못하는 자가 남을 어떻게 존중할 수 있는가. 나 자신을 좀 더 사랑하자. 네 생각보다는 나는 장점이 많다. 나는 인생을 개척할 수 있다. 나는 절대로 지지 않는다.

원형수 형수.

어떤 일을 하다가 조금이라도 잘못이 있으면 그 모든 원인을 내게서 찾으려 하고(억지로라도), 그로 인해 자기 자신에 대해 늘 못마땅해 하며 열등감에 빠지곤 하던 그 못난 자기 불신의 사고방식에서 탈피하여 너 자신을 인정할 줄 아는, 조금은 뻔뻔스러움을 갖도록 하자.

그리고 안으로 안으로 숨기고, 가리고, 감추려고만 하던 너, 장·단점을 향한 모든 것을, 부족하지만 그것이 진정한 너인 것을 인정하고 스스럼없이 보일 수 있는 용기를 키우고 실천하라.

숨기려 한다고 숨겨지는 것도 아니지만 그럴수록 비참해지는 진통을 이제는 알았으니 자신을 기만하고 남을 속이려는 어리석음은 이제는 훨훨 털어 버리자.

이박사 자기 자신에 대한 편지가 인상적이었습니다.

자기 증상을 예리하게 보고 있는 것 같아요. 자기한테 감사하는 내용도 있구요. 대개의 주제는, 힘들고 어려웠지만 참고 잘 견

덨다고 자신을 칭찬 격려하는 뜻이 많은 것 같아요. 여러분이 치료 시작 전에 그린 자화상과는 엄청나게 달라진 면을 찾아볼 수 있습니다. 축하합니다.

　다음 시간이 마지막인데 지금까지 남은 문제들을 어떻게 대처할 것인가를 생각해 오시는 게 숙제가 되겠습니다.

　그럼 다음 시간까지- *

치료자 메모

숙제 :

　아직 해결 안된 문제점을 적고 앞으로 어떻게 해나갈 것인가를 생각해본다.

목표 :

　총 정리하는 시간이다. 지금까지의 치료 과정을 평가하고 또 해결 안된 문제점에 대한 대처 방법을 토의한다.

　여기서 중요한 것은 이로써 치료가 끝난 것이 아니며 앞으로도 남은 10개월간의 계속 치료가 중요함을 강조한다.

이우영 콧노래가 나고 살 맛이 납니다. 내가 왜 27년 동안을 고생했지? 이렇게 좋은 걸 말이지. 어디서 보상받을 데가 없습니다. 나 자신 스스로 만들어 가지고 스스로가 판 무덤이었으니까 할 말이 없지. 늦게나마 다시 태어난 겁니다. 살 맛이 납니다. 지난번 편지에 제가 울었다고 그랬습니다. 쓰면서 막 눈물이 나왔어요. 왕 하고 울었으면 터질 것 같은데 집안 사람도 있고 그래서 조용히 울었지요. 감격의 눈물이었습니다.

김선생 27년 동안 이우영씨를 괴롭혔던 증상이 전부 부정적인 면만 있었느냐 — 그런 것도 한 번 생각해 볼 필요가 있을 것 같잖아요? 어쩌면 그런 면이 오늘의 이우영씨를 그런 자리로 올려놓게 했는지도 모르죠.

이우영 그렇습니다. 부정적인 것만은 아닙니다. 장점도 많죠. 우선 윗사람한테 겸손하다는 거, 이것 때문에 점수 많이 땄습니다.

제가 여기 오기 전에는 다른 사무실이나 동료들이 오라고 그러면 가지도 못하고 그랬는데, 이제는 어디든 막 갑니다. 국장실에 막 들어갑니다. 그러면서도, 내가 증상이 낫다고 해서 너무 이래서는 안되겠다, 주위에서 볼 때 나를 건방지다고 보겠구나, 겸손하자, 겸손마저 없어지고 돈키호테처럼 막 나간다면 차라리 노이로제 증상 있는 사람보다 더 폐인이다, 겸손할 수 있다는 것까지 겸비가 되면서 증상이 나아야 한다는 겁니다.

신문광고에 성격개조라는 게 있지 않습니까? 내가 대학 심리 시간에 배운 바로도 성격개조라는 것은 불가능하지만, 설령 그렇게 된다고 칩시다. 상당히 무서울 겁니다. 겸손하던 사람이 갑자기 거만해지면 큰일입니다. 우리가 가지고 있는 성격을 버리고 다른 성격을 갖는다는 것은 무서운 것입니다. 필요 이상의 중압감, 강박감 등 노이로제 증상에 해당되는 것만 없애고, 좋은 건 받아들이고…

강운구 증상, 상당히 많이 좋아진 것 같습니다. 어렵다, 어렵다 해도 예전에 비해선 많이 좋아졌는데, 어떤 때 안 좋으냐면 상대를 의식해 가지고 감추는 마음 상태가 되면 증상이 약간 나타납니다. 그러나 가볍게 넘길 수 있습니다. 나쁜 상태도 있지만 좋은 상태가 더 많습니다.

앞으로 어떻게 대처할 계획인가, 능동적으로 부딪치면서 해나갈 생각이고 왜곡된 정신상태를 바로잡기 위해서 계속 노력…

이박사 운구군은 아직도 냄새가 난다고 느껴집니까?

강운구 예, 조금 그런 것 같아요.

대화 ㉝
낫지 않은 채 낫는다

냄새는 자기 착각이었다고 확신하기까지는 상당한 시일이 필요하다.
그럭저럭 생활을 하다는 정도면 만족해야 한다.

이박사 있어도 좋고, 없어도 좋고, 믿어도 좋고, 안 믿어도 좋고, 그건 상관없습니다. 꼭 안 믿으려고 노력할 것도 없고 또 믿으려고 노력할 것도 없어요. 언젠가 자연히 세력이 약해져요.

냄새난다는 증상은 대개 오래 갑니다. 그러나 「냄새가 나도 그럭저럭 견디지 뭐!」 대충 이런 상태가 치료된 상태입니다. 「안 나은 채 낫는다」 하는 게 냄새나는 사람들한테 제일 해당되는 이야기죠.

냄새가 안난다 하는 확신을 가질 수 있으면 제일 좋겠지만, 불행히도 그렇게까지는 아직 안돼. 난다고 생각해도 좋다는 겁니다. 그러나 난 생활하겠다, 학교를 나가겠고, 사람이 많은 차라도 타고 가겠다 하는 정도까지 이르는 겁니다. 냄새는 내 착각이었다고 되기까지는 상당한 시일이 필요합니다. 1단계 치료에서 끝나지 않습니다. 치료가 안됐지만 그러나 생활은 그럭저럭 된다 하는 정도에서 만족해야 합니다. 치료가 안된 채 치료가 된다는 건 그 뜻입니다.

냄새환자뿐 아닙니다. 여러분의 증상은 아직도 남아 있습니다. 정도가 가벼워진 경우도 있지만 여하튼 아직 남아 있습니다. 따라서 증상이 있으니까 아직 안 나은 게 아닌가 하는 생각이 들 수도 있습니다. 하지만, 여러분 기억하십시요. 우리는 처음부터 증상을 없애야겠다는 약속은 하지 않았습니다. 왜냐하면 대인관계에서의 기본적인 불안은 없앨 수도 없거니와 없어져도 안됩니다. 그게 오히려 매력이요 장점일 수도 있다는 걸 우리는 배웠습니다.

치료가 끝날 즈음, 바뀐 건 증상이 아니고 우리 생각이 바뀐 겁니다. 증상이 있어도 이젠 그걸 병으로 생각지 않는 자세가 되었습니다. 그래서 그전처럼 당황하거나 창피해하지 않게 된 겁니다.

증상은 있어도 편한 자세, 이게 「치료가 되지 않은 채 낫는다」는 것입니다.

임경직 치료 받기 전보다 상당히 많이 나아졌습니다. 치료 전에는 피했지요. 피하는 게 우선 편하니까 피했는데, 요즘엔 피하는 건 없고 부딪치는데, 그게 좀 힘들다 뿐이지 옛날같이 고민하고 그런 적은 없습니다. 집에서 혼자 있는 시간이 많아서 그런지 책보고 있으면 이상하게 뒷목이 뻣뻣해요.

스트레스가 많아서 그런 증상이 나타나는지 요즘은 냄새 나는 건 둘째치고 부딪치는 데 신경쓰니까…

김선생 무슨 공부 하시나요?

임경지 영어와 일어. 공부하려면 뒷목이 뻣뻣하니까 신경이 쓰여요. 옛날 같으면 냄새 난다고 그래가지고 친구도 안만났는데, 요즘엔 전화 오면 나가서 만나죠. 다소 의식은 되지만 옛날 같진 않아요.

원형수 저도 뒷목이 뻣뻣한 것 때문에 신경을 많이 쓰는데, 아침에 출근해 가지고 자리에 앉아 있잖아요. 과장들 회의 갔다 나오고 일을 하려고 그런 상태, 심리적으로 압박이 되는지 아무튼 그때 뒷목이 무척 뻣뻣하고 머리 회전도 늦는 것 같고, 답답한 감을 느껴요.

임경직 뒷목이 뻣뻣하니까 열이 나요.

원형수 약을 먹고 싶을 정도로 심한데.

임경직 돌아다닐 때는 괜찮은데 공부할 때만 그래요.

이박사 경직씨 문제는 사람을 만나는 상황에선 긴장이 되고 어려웠다, 이런 것들은 많이 좋아졌는데 목이 뻣뻣해서 고민하는 것 같은데 그 둘을 연관지어서 생각하면 안됩니다.

환자들 치료해보면, 가령 위장병 오래 앓은 사람들은 머리가 아파도 아, 이건 위장병 때문에 그렇다, 다리가 아파도 위장병이 아래로 내려가서 그렇다, 모든 걸 위장 탓으로 돌리는 경향이 있는데, 너무 확대 비약해석은 안 하는 게 좋습니다.

김명선 공부할 때나 사무볼 때 긴장 때문에 뻣뻣해지는 게 아닐까요?

이박사 좋은 걸 지적해 주셨습니다. 정신적인 긴장만으로 얼마든지 뻣뻣해질 수 있는 일이죠. 그걸 자기의 대인 공포증과 연관시켜서 될 일이 아닙니다.

원형수 사람을 만날 때도 완전히 긴장이 풀리진 않았거든요. 아직 좀 힘들어요.

언제나 적당한 긴장을

아무리 친한 사이라도 인간관계인 이상 적당한 긴장은 필요하다.
다만 그 긴장을 병적인 것으로 해석 말라.

이박사 그런 증상은 하루아침에 쉽게 없어지는 않습니다. 그러나 피하지는 않겠다, 만날 사람은 만난다는 자세가 중요한 거죠. 사람을 만나는 상황에 전혀 어려움 없이 편안할 수 있겠느냐, 그럴 수 있는 사람도 있고, 그럴 수 없는 상황도 있다. 가령 허물없는 친구라면 발가벗고 뒹굴어도 괜찮겠지요. 그러나 아무리 가까운 사이라 하더라도 지켜야 할 예의가 있고, 한계가 있는 겁니다. 부인 앞이라고 아무렇게나 해도 되느냐, 그렇지 않잖아요? 어떤 경우에도 적절한 긴장은 필요한 겁니다. 그것을 「아, 나는 역시 대인 관계가 힘드니까」하고 적절한 긴장마저도 병적인 것처럼 해석하진 말자는 겁니다.

대인관계를 한다는 것은, 안방에서 혼자 뒹구는 기분은 아닙니다. 다방이든 술집이든 어디서나 마찬가지죠. 적절한 긴장, 적절한 어려움, 이것은 있는 겁니다. 그것까지도 나는 병 때문에 그렇다고 생각하지는 말자는 겁니다.

이우영 어려움은 다 나았고, 한 가지 남은 건 연단 공포증인데 저희 직장에 500석 회의실이 있는데, 그 연단에 제가 가끔 서봅니다. 거기 서서 한 번 정도 내가 하고 싶은 말, 잘하든 못하든간에… 그게 문제다, 그 앞에서 제 의견을 발표할 수 있다면 저는 다 해결이 되는 겁니다.

이박사 연설 원고부터 충실히 다듬어야겠습니다. 증상 때문에 못하는 건 아니라고 했는데 그럼 뭐 때문에 못하는 것 같습니까?

이우영 지난번에 제가 120명 정도 앞에서는 무난히 호명도 하고 지적해 가면서 얘기했으니까 자신이 있거든요. 그러나 500명 앞에서는 제가 생전 태어나서 안서봤거든요. 과연 거기서도 가능할 것인가, 아니면 시야가 넓을수록 어려운 것인지…

곽재건 많을수록 편합니다. 전교생을 놓고 얘기하는 게 편해요. 반 애들을 놓고 하는 것보다.

대화 ⑧⑤
자신 없을수록 그만큼 더 공부한다

증상도 긍정적 평가를 할 수 있다. 그 때문에 대인관계에서 겸손할 수 있고, 남보다 더 노력을 하게 된다.

이박사 제일 힘든 상황은 15명 안팎입니다. 이게 제일 힘듭니다.

이보다 많으면 수월해져요. 사무실도 아주 넓으면 들어가기 쉽잖아요. 누가 보나 뭐! 청중도 수 천명 되면 사람들이 내 눈에 모래알처럼 작게 보이니까 확실히 수월해져요. 어느 경우이건 다소 떨리는 거야 각오해야지요. 떨리는 게 정말 없어야 되겠느냐!

있어야 된다는 게 내 생각입니다. 좀 떨려야지 연설원고가 충실해진다는 겁니다. 자신이 있으면 별로 준비도 안 할 겁니다.

여러분은 내가 강연도 잘하고 하니까 부러울런지 모릅니다. 그러나 그게 바로 내 약점이란 것은 잘 모르실 겁니다. 이게 무엇을 의미하느냐, 내가 여러분처럼 소심했더라면, 내가 얼굴도 붉어지고 떨렸더라면, 좀 더 충실하게 강연준비를 했을 거라는 이야깁니다. 왜 안했느냐, 나는 하나만 알아도 열을 아는 것처럼 그럴듯하게 이야기 할 수 있는 재주가 있거든요. 나는 표현력도 좋고, 설득력도 있고, 배포도 좋고, 사람을 웃길 수도 있고, 울릴 수도 있고, 내 마음대로 할 수 있으니까 자신이 있거든요. 하지만 이렇게 오랜 세월이 지나가 버리면 내 실력은 어떻게 되겠어요? 자신이 있었기 때문에 나는 퇴보합니다. 자신이 있는 것만큼 공부를 않거든. 그러나 여러분은 떨리는 것만큼 준비를 더하고 공부를 하게 되고 공부를 한 것만큼 더 발전할 것 아닙니까?

이제 여러분은 자신 있는 내가 부럽지는 않을 겁니다. 조금 떨리고 자신이 없어야 됩니다. 너무 자신만만하면 곤란해. 물론 떨려서 말문이 막힐 정도로 심하면 치료를 받아야지. 그러나 그럴 정도가 아니라면 떨리는 게 장점입니다. 우리가 지금까지 병적이라고 생각했던 증상, 고민을 했던 게 부정적인 측면만 있는 것인가, 그렇지 않다는 겁니다. 우리는 그 증상 때문에 내가 이만큼이라도 됐다는 겁니다. 이우영씨는 소심하고 겸손한 것, 이것 때문에 윗사람한테 사랑을 받고 귀여움을 받고 인정을 받았습니다. 그래서 오늘 그 자리까지 진급한 것 아닙니까? 치료 후 자신 있으니까 너무 많이 돌아다녀, 잘못하면 건방지고 뻔뻔스럽다는 소리 듣게 되지 않을까 걱정했는데, 깊이 새겨들어야 할 말인 것 같습니다. 치료의 키를 말씀해 주신 것 같아요.

고유석 의식구조나 행동면에 발전이 있습니다. 완전한 건 아니지만 가능성의 실마리를 잡았습니다. 제가 어렵게 생각했던 증상들이 신체적인 것으로 오해하고 있었는데, 내가 자신의 착각에서 빚어진 불행한 결과라고 나름대로 결론을 지었죠. 이 치료를 통해 긍정적인 사고가 더 많아졌습니다.

앞으로 자신 없는 나 자신이라도 솔직히 시인하고 긍정적으로 하면 나도 모르는 사이에 부정적인 사고가 없어질 것이다, 어려워도 반복하면서 꾸준히 할 것입니다.

이박사 앞으로도 어려운 일이 있겠죠. 지금까지는 어렵다 싶은 일을 계획적으로 일부러 찾아 나서니까 쉬웠어요. 그러나 갑작스럽게 일이 생겼을 때는 당하는 입장이라 힘듭니다. 전혀 마음의 준비가 안되어 있는데 갑자기 당하는 상태가 돼 버리니까 수동적인 상태가 되거든요. 그때는 마땅히 어려워져야 됩니다.

원형수 그래요.

그때는 거의 조건반사처럼 옛날 증상이 나타납니다.

가령 무심코 앉았는데 어려운 상사가 나타났다, 그 순간 가슴이 뛰고 얼굴은 홍당무가 되고 당황하게 된다구요. 순간 지금까지 배운 건 아무런 소용이 없어집니다. 숙제한다는 자세를 취할 겨를도 없거든요.

이박사 좋은 걸 지적했습니다. 그렇게 해서 재발이 됩니다.

어려운 상사도 내가 일부러 찾아갈 땐 편했지만, 그렇게 당하는 상태가 되면 영락없이 옛날 증상이 나타납니다. 그건 어쩔 수 없습니다. 그러나 다음이 중요합니다. 「치료한 게 소용 없구나」 「또 재발이다」 「역시 안돼」…

이렇게 되면 비합리적 악순환으로 빠져들어 가서 더욱 어려워집니다. 그러나 그게 아니고 재발이 된 상황에서도 보다 합리적으로 생각할 수 있어야 합니다.

「상사 — 가슴 두근, 붉어졌다. 그래 이번엔 당한 상태니까 어쩔 수 없어. 재발이 순간적으로 되긴 했지만 실망하진 말자. 순간적으로 당했으니까 옛날 습관이 조건반사처럼 나타난 거야. 어쩔 수 없는 일이지. 그러나 실망하진 않을 거야. 증상 재발은 순간이지 오래 가진 않을 테니까, 내가 그 상황을 합리적으로 분석, 평가할 수 있다면 말이다.」

이렇게 치료원칙을 다시 한 번 되풀이해가면서 몸에 익히면 차츰 좋아집니다.

원형수 그렇습니다. 워낙 오래된 병이니까 하루아침에 싹 낫지는 않습니다.

이박사 갑자기 당하는 상황에선 누구나 당황합니다. 유석씨가 그런 경우까지도 수월해져야 되겠다는 건 욕심이 지나쳐요. 제 책에서 전쟁 영웅에 대한 분석을 인용한 것이 있습니다.

전쟁 영웅은 모두가 당당한 것 같죠. 하지만 그들의 정신 분석은 하나같이 겁쟁이라는 겁니다. 나폴레옹이 그렇게 용감무쌍한

데는 두 가지 이유가 있다고 해요. 하나는 키가 너무 작기 때문에 자기 열등감을 극복하기 위해서였고, 또 한 가지는 그가 배짱이 없었다는 겁니다. 나폴레옹만큼 배짱 좋은 사람이 역사상에 없죠. 그러나 그 사람만큼 배짱이 약한 사람도 없다는 겁니다. 그는 기가 약했어. 그 기를 키우기 위해 군인이 되고 또 그렇게 용감하게 됐다는 게 분석입니다.

누구나 갑자기 당하는 경우에는 두렵고 당황하는 게 정상입니다. 그때도 의젓해야 한다는 건 욕심이란 말입니다.

고유석 다른 사람보다 심한 게 문제죠.

이박사 심하다는 게 얼마나 객관성이 있느냐 하는 겁니다. 내가 생각하는 나하고 남이 생각하는 나와의 차이는 엄청나게 큽니다. 남들은 유석씨가 사무실에서 유머도 잘하고 굉장히 명랑한 사람으로 알고 있다는 것 아닙니까?

대화 86
그들 역시 떨고 있다

연설도 잘하고 배짱도 있어 보이는 그 사람에게 물어보면
사실은 그가 소심하고 떨고 있다는 고백을 듣는다.

그게 남들이 보는 유석씨야. 유석씨가 보는 남, 그 왜 자신 있게 붉어지더라는 사람 말이야! 알고 보면 졸장부인지 몰라. 우리보다 더 소심하고 더 겁을 내고 있는 사람인지도 몰라. 마치 다른

사람이 유석씨를 오해하고 있듯이 유석씨도 남을 오해하고 있는 거야. 확실한 건 몰라. 그 사람에게 안 물어봤으니까, 하지만 그걸 증명할 수 있는 일은 얼마든지 있습니다. 이우영씨 동료도 연설을 잘하고 배짱이 좋은 줄 알았는데 막상 물어보니까 자기도 떨려 죽겠다고 고백했어. 순동씨, 기성씨도 비슷한 경험을 했습니다. 아주 당당한 친구라고 생각했는데 사실은 아주 수줍은 사람이었다는 겁니다. 유석씨 생각에는 자기 자신이 굉장히 소심한 사람 같지?

그러나 남들은 유석씨를 그렇게 안보고 있다는 겁니다. 굉장히 용감하고, 말도 잘하고, 산악반장이고, 씩씩한 남자로 보고 있다는 겁니다.

고유석 그게 솔직한 것은 아니지 않습니까?

이박사 좋은 이야기입니다. 사람들은 다 가면을 쓰고 있습니다. 나는 바보이다, 고개도 못 드는 바보이다, 이렇게 외쳐대는 사람이 어디 있습니까? 다 의젓하게 보이려고 노력하는 것 아닙니까? 속은 떨리지만! 그런 의미에서 세상 모든 사람은 훌륭한 배우입니다. 가면을 쓴 연기자라는 겁니다. 그러기에 겉만 보고선 그 사람이 진짜 어떤 사람인지 알 길이 없습니다. 고로 남들이 보는 유석씨, 유석씨가 보는 남, 그리고 유석씨 자신이 보는 나 — 이 사이는 아주 거리가 멀 수밖에 없습니다. 유석씨 자신이 그랬잖아요. 사무실 직원은 유석씨를 아주 용감한 사람으로 본다고. 하지만 유석씨 자신이 보는 눈은 어떻습니까? 형편없지? 소심하고…

성규문 아직 남아있는 증상은, 한 두명 정도 만나면 괜찮은데 여러 명이 모이면 불안, 초조합니다. 그리고 저는 선글라스, 모자를 완전히 없애야 되는데 아직 없애지를 못했어요. 제 자신에 대해서 패배감을 많이 느꼈습니다. 수면제랑 먹고 죽으려고도 했지요. 지난주엔…

이박사 규문씨, 지난 주 무슨 일이 있었나요?

성규문 여자랑 다퉜는데 이런 여자한테도 내가 당하나 싶으니까 울적하고…

이박사 문제가 두 가지 같은데, 여자와 다툰 것 때문에 충격이 컸던 것 같아. 거의 약혼 단계나 다름없는 사이에 다퉜다고 하면 언짢은 기분이 들겠죠. 그러나 그것을 인간관계 전반에 확대하는 것은 좋지 않습니다. 그것은 그 관계에서 그쳐야지 이걸 전 인간관계까지 확대 해석을 해버리니까 비참한 기분에 빠지죠. 그 여자한테 인정을 못 받은 것이지, 다른 인간관계에서는 그렇지 않잖아요.

규문씨는 어떤 면에서 사나이답고 의협심이 있는 사람으로 우리는 보고 있어. 여자하고 일어난 문제를 내 인간관계 전반에 확대해석을 하는 것은 비합리적인 생각이죠.

「싸웠다, 앞으로 그런 점은 시정을 하겠다. 안 싸웠으면 좋았을 걸. 내가 조금 남자답게, 도량 넓게 받아들였으면 좋았을걸.」

이런 쪽으로 해석하는 게 합리적인 생각 아닙니까? 지난 시간에 훈련한 걸 우리가 실상황에 응용을 할 수 있었으면 좋았을 텐데, 규문씨는 평소처럼 비합리적인 방향으로 휘말려 들어간 것 같아.

원형수 누구나 연인과 다투면 비참한 생각이 들지요.

김명선 스스로가 증상을 불렀으니 스스로가 또 고쳐야 됩니다.

김선생 싸우고 지금까지 안 만났어요?

성규문 전화를 걸었는데 통명스럽게 대꾸하고 끊더라구요.

강운구 생활하면서 누구나 힘든 때가 있습니다. 리듬이 있는 것 같아요.

김선생 성규문씨, 약을 모아놓고 먹지 않았다고 했는데 일단 큰 고비는 넘긴 것 같습니다.

성규문 진정제를 먹으면서 진정해야 될 것 같아요. 신경질 나면 보통 사람은 참는데 저 같은 경우는 주먹이 막 올라가며 뭐라고 욕하고, 컨트롤이 잘 안됩니다.

이박사 규문씨 문제는 항상 강기와 약기 사이의 조절이 안 되는 거예요. 아주 피해서 약해지거나 아니면 주먹이 나가는 강기가 발동하거나 하거든요. 중간쯤이 좋은데, 그런 것은 항상 자기가 의식을 하고 있어야 합니다.

계순동 화요일마다 6시 반만 되면 여기 오고 싶어져요. 두 달 전하고 지금 비교하면 많이 좋아진 것 같습니다. 전에는 비합리적인 생각을 많이 했는데 요즈음은 증상을 느낄 때, 얼마 전까지만 해도 의식적으로 하려고 노력했지만 이젠 그런 증상이 나타나려고 그러면 자동적으로 합리적인 생각으로 바뀌곤 합니다. 신통해요. 요즈음 강의, 브리핑을 안해봤는데 앞으로 할 때는 불안하겠지만 할 수 있을 것 같습니다.

이박사 궁금한 게 있는데 순동씨 여자친구 어떻게 됐습니까?

계순동 자주 만납니다.

이우영 잘돼갑니까? 일이 잘될 것 같아요?

계순동 잘돼가요. 박사님 지도해주신 덕분이죠. 기왕이면 주례까지 서주셔야겠습니다. (일동 와~ 웃음, 박수)

곽재건 청첩장 돌려요.

이우영 증상이 나으니까 만사 해결이 됩니다.

이영희 마음 자세는 긍정적이고, 적극적으로 된 것 같아요. 증상이 약해진 것도 있는데 이 선생님께서 완전히 나았다 그러니까 저도 욕심은 완전히 나아야 할 텐데, 아직은 속상해요. 제가 욕심을 부렸다는 생각도 들고, 완전하지는 않지만 긍정적인 면으로 생활이 바뀐 것 같아요. 직장을 그만둔 것도 공부 때문이라지만 가만히 생각해 보니까 제 증상 때문에 피하려고 그랬던 것 같아요. 이젠 긍정적으로 받아들이고 공부도 열심히 해서 다시 직장을 갖고 싶습니다.

정선생 아까 이우영씨가 세상이 달라졌다고 했지만 달라진 건 세상이 아니고 내 마음입니다. 세상을 보는 눈, 나를 보는 눈, 마음이, 생각이 달라진 것입니다.

김선생 영희씨, 처음엔 이런 식으로 나가다가는 결혼도 못 할 거라 했는데 이제는 결혼하실 마음 있어요?

이영희 해야죠. (웃음)

이우영 제가 이 증상을 가지고 결혼을 했습니다. 결혼 전에는 내가 이 증상이 치료된 후 해야 되겠다, 왜? 그것은 2세도 어차피 저한테서 나온 세포니까 그런 증상을 가진 애가 태어나지 않겠느냐 하는 우려를 해서 결혼을 늦게 했지요.

정선생 유전과는 상관이 없어요.

이우영 영희씨는 처음과 지금은 뭘로 보나 많이 향상됐는데…

신선희 피하지 말고 부딪쳐라, 이 말이 저한테 많이 와 닿았어요. 피하려고 했던 때와의 차이를 확실히 느낄 수 있었어요. 어렵더라도 부딪치면서 어려운 걸 찾아서 앞으로 노력해야겠어요.

곽재건 선희씨가 처음 얘기할 때는 「아우 아우」 하는 게 많았는데 지금은 많이 줄어들었습니다. (웃음)

성규문 안 낫는다고 그래도 약간씩은 다 나아진 것 같아요. 여기에 들어오고 나서 친구들 많이 찾아 다녔고, 이야기도 나눴습니다.

임경직 선희씨는 얘기할 때 조금 떨린다고 그러면서 제스처도 아주 매력적인데, 자기 자신은 그렇게 생각 안하는 것 같아요. 여자가 너무 말을 줄줄 잘하면 한 마디로 까졌다고 그러는데, 선희씨는 굉장히 애교스럽고 매력적입니다.

이우영 일부러 그러는 여자도 있어요. 말을 잘하면서도 순진한 척 보이려고!

정선생 선희씨는 좀 어려워하고, 머뭇거리는 듯한 그 여성스러움, 정말 버리면 안됩니다. 자신은 괴로울지 몰라도 남자의 입장으로 봐서는 백만불짜리죠.

곽재건 저의 원래 고민이 시선공포증인데, 요즘 수업할 때는 일부러 애들을 집중시키고, 애들을 쳐다보면서 하니까 전보다 확실히 좋아졌습니다. 애들이 엎드리면 전에는 내 증상 때문이구나 그랬는데 그런 착각은 없어졌습니다. 지금 두려운 건 정신이 혼미한 상태, 초창기에 그런 상태가 심했는데 그런 상태가 다시 오지 않을까 그게 두려워요.

이박사 재건씨는 문제가 크게는 두 가지인데… 시선을 두기가 힘든 게 하나 있었고, 그것과는 달리 굉장히 불안하고 이랬던 문제가 있는데, 그것 때문에 약을 그전 병원에서 상당히 많이 썼던 걸 조금 줄이고, 앞으로도 줄일 것입니다. 중요한 것은 애들 시선을 집중시켰다는 것, 참 잘하셨습니다.

현기성 박사님처럼 여유 있고, 그런 건 까마득한 것 같고…

옛날에는 누구 앞에서 말이 살짝 떨렸다, 그러면 막바로 비합리적인 생각을 해가지고 고속도로를 타고서 쭉 내려갔는데 이젠 그걸 완전히 끊어버린 것 같아요.

이 선생은 지옥이 아니라 낙원이라고 했지만 제 경우는 보통인 것 같아요. 제 잘못된 생각 중의 하나가 누구 앞에 나서도 당당해야 되고, 남자다워야 된다고 생각했던 점입니다. 남자답고, 어쩌고 하는 허망한 생각을 계속 키우려고 그러니까 도리어 거기에 말린 거죠. 박사님이 말씀하신 것처럼 자기가 생각하는 나하고 딴 사람이 생각하는 나하고 차이 난다고 하셨는데 요즈음 와서 저 자신이 무척 크게 느꼈거든요.

저도 그렇게 형편없는 녀석은 아니다란 생각을 하게 됐다구
요. 저 같은 경우는 입사하고 사장을 못 봤거든요. 지나가는 것
만 봤지. 그런데 이사란 사람은 꽤 높잖아요. 난 이사 앞에 주눅
이 들어 말을 못하는데, 이사도 사장 앞에선 주눅이 들어 대가리
처박고 있더라구요.(웃음) 이젠 남의 그런 약점도 보이더라구
요. 나만 그런 게 아니구나, 그게 좀 위로가 되더라구요. 지금도
여럿 앞에서 말하면 좀 떨리잖아요. 옛날 같으면 남자가 이래선
안 되는데 하고 긴장하다 보면 더 떨릴 텐데, 이젠 그럴 수도 있
다고 생각하니까 여유가 생기더라구요. 이게 진짜 배짱 아닙니
까? (웃음)

이우영 내가 보기엔 기성씨가 떨리는 것 같진 않아요. 자기가
그렇게 느끼고 있는 것 같아. 여기 나오면서 배운 것이 나만 병이
있어서 이 병원에 온 줄 알았더니 일반인은 나보다 더하더라, 그
걸 발견했지. 우리가 가지고 있는 증상은 모든 사람들이 다 가지
고 있거든요.

현기성 우리나라는 말할 기회가 적다고 그랬는데 그런 것 같
아요. 훈련받을 기회가 없었잖아요.

불안과 더불어 산다

인간생활에 불안은 오히려 필요하다.
불안을 쫓으려거나 없애려는 것이 잘못된 생각임을 깨달아야 한다.

이박사 기성씨 한 얘기 중에 인상적인 게, 지옥은 아니지만 그렇다고 낙원도 아니고 보통이다. 기성씨는 그래서 다소 불만이라고 한 것 같은데…

하지만 이게 문제인 것 같아요. 낙원까지 말고 지옥에서 벗어났다는 것, 이 선에서 만족해야 돼. 보통 수준에서 말이야. 나처럼 말을 잘해야 되느냐, 이건 안돼! 나처럼 되려면 정말 실력도 있고, 천부적인 자질도 타고나야 돼. 거기다 상당한 훈련과 경험이 필요해요.

기성씨가 불만이라고 하는 그 점이 나는 불만이야.(웃음) 치료를 잘못해서 불만이 아니고 보통이다 하는 수준에서 머물러야 되기 때문이야. 욕심이 너무 많다는 이야기를 여러 번 했습니다. 치료를 받으면 모든 일에 편하고 수월할 것이란 기대는 금물입니다. 그렇게 될 수도 없으려니와 그렇게 되어서도 안됩니다.

그런 꿈 같은 기대가 우리를 또 불안하게 만들기 때문이야. 일상의 작고 큰 일에 부딪칠 적마다 긴장이 됩니다. 불안합니다. 제발 그런 불안이 없었으면 싶은 게 여러분 희망이겠지만, 그건 꿈나라에서나 있는 일입니다. 산다는 게 곧 불안입니다. 불안 없는 삶이란 곧 죽음입니다. 사노라면 불안은 있게 마련이고 그리고 우리는 그 불안을 이겨내게끔 되어 있습니다.

　모든 인간은 그런 불안을 이겨낼 능력을 가지고 있습니다. 누구에게라도 그 정도의 불안이 없겠습니까? 기성씨 수준이라면 치료가 만점으로 됐다고 생각해야 됩니다.

　원형수 저도 마찬가집니다. 기뻐서 소리칠 정도로 효과를 본 것 같다 하는 생각은 없고, 다만 전 같으면 비합리적이고 부정적인 생각을 할 수 있는 상황에서 보는 눈이 조금 달라졌습니다. 그런 것이 교육기간을 통해서 얻은 것 같고, 손 떨리는 것은 둔화된 것 같고, 그것이 제일 심각해서 얘기를 대표적으로 했는데…

　아직 남은 부수적인 증상은 밥 먹는 데 호흡이 잘 안 맞으니까 전부 불편해 하는 겁니다. 밥을 먹는데 자꾸 큰 숨을 쉬고 그러니까 부인이 일부러 혼자 먹으라고 자리를 피해 주는데, 한 번 그렇게 되기 시작하면 통제가 잘 안됩니다. 손 떨리는 것은 여기서 그 증상을 집중적으로 치료를 받아서 그런지 그런 상황이 되면 마음을 돌릴 수 있는 말들이 떠오르고 그래서 많이 나아졌는데…

　남은 증상은 여기서 배운 테크닉, 여기서 배운 지식을 동원해서 극복을 하려고 내 나름대로 계획을 세웠습니다. 그 방법으로 하루 지나면서 내가 그런 상황이 닥쳤을 때 그걸 어떤 식으로 대처했고, 보완할 점이 뭔가 그런 식으로 해서 일기를 써 가지고 대처할 생각입니다.

　김선생 형수씨 부인한테 문제를 얘기하는 건데…

　원형수 그저께 얘기했습니다. 집사람이 내가 너무 불편해 하니까 이상하데요. 혹시 노이로제 아니냐고. 자기 동생이 그런 게 있었대요. 증상이 똑같고, 여하튼 큰일이라고요. 사소한 것 신경 쓰지 말고 넘기라고 하데요. 그때까지 얘기를 할까 말까 하다가 털어놨지요. 얘기를 하니까 짐작은 하고 있었지만 병원 다닐 정도로 심각하게는 생각을 안 했다고 그래요. 그쪽에서 자기가 조금 생각하고 있는 걸 얘기하니까 크게 놀라거나 그러지는 않아서 별로 부담이 되질 않았어요. 그후 많은 배려를 해주는 것 같아요.

김선생 털어놓으면 처가 나를 굉장히 깔보거나 얕잡아 볼까봐 걱정했는데…

원형수 그런 건 없고 오히려 같이 걱정해주고 하니까 도움이 됐습니다. 혹시 부부싸움 끝에 그런 얘기가 나오면 얼마나 치욕스러울까 하는 생각이 들지만… 식사하는 것은 심각하게 생각은 안 드는데 호흡이 곤란하고 목이 당기고…

이박사 형수씨는 자기 마음의 상태를 비교적 정확하게 체계적으로 분석을 하고 예민하게 관찰하고 있는 것 같습니다.

이론적인 배경은 완전히 터득을 한 것 같아요. 실생활에 응용을 하는 것은 아직도 산너머 산이고, 안 넘은 고비들도 있지만… 어려울 때도 있습니다. 참 잘하신 것은 부인에게 이야기한 겁니다. 상당히 도움이 될 겁니다. 우선 부인하고 식사할 때 불편하지 않을 겁니다. 한 가지 걱정은 부인이 앞으로 배려를 안 해주겠나 하는 기대, 그 자체가 형수씨를 불안하게 만들 것 같아서입니다. 배려를 안해줘도 좋다는 자세가 돼야 합니다. 그리고 다음 우리가 한 달 후에 만날 때는 일부러 동생하고 같이 먹고, 더 좋아지면 제수씨하고 같이 먹고, 그럴 수 있을 때까지 나가야 그 문제는 완전히 해결이 되는 겁니다.

김선생 동생한테, 그리고 제수씨한테도 이야기하는 건 어때요. 제수씨가 무시할까봐 그래요? 오히려 애교로 받아들이지 않을까? 제수씨가 어려워하지 않고 오히려 가까워지지 않을까?

원형수 동생은 눈치를 채고 있는데 차마 얘기를 못하고 있을 뿐이다.

정선생 형수씨는 내가 잘한 것은 줄여서 말하는 것 같아요. 자신의 문제를 바라보는 눈이 바뀐 것, 이건 큰 소득입니다. 이런 근본적인 변화가 왔는데도 이건 크게 생각을 안하시는 것 같아요. 내가 잘한 것은 크게 표현을 안하고 내가 잘못한 것은 아주 자세하게 이야길 하거든. 강조를 해서!

원형수 정선생님이 너무 날카롭게 그 점을 지적하셨네요. 제가 사실은 여기에 다 썼습니다. 지난 시간에 제가 편지를 발표 안했는데 지금 말씀하신 것이 저를 본 그대로입니다.

이박사 오히려 생각을 그 반대로 해야죠. 조금이라도 향상된 부분은 강조하고 강화시켜 나가야 그 세력이 커지죠. 그걸 생활 전반에 확대시켜 나가야 부정적이고 비합리적인 세력들이 상대적으로 약화될 게 아닙니까?

원형수 제 성격이 워낙 보수적이고 조심스러워서 그런가봐요.

김명선 친구, 의형제 등 아껴주고 싶은 사람들하고 얘기를 하면 불편해요. 다른 사람들하고는 별 문제가 없다고 보는데…

이박사 왜 그런지 명선씨 스스로가 지금까지 들은 걸로 한 번 설명해 보세요.

김명선 다른 사람들한테는 제가 시선을 바라보는 것이 피해를 줘도 어쩔 수 없다, 이런 생각을 하니 편한데… 아끼는 사람한테는 피해를 줘선 안되잖아요. 그리고 다른 사람한테도 피해를 일부러 주려고 그랬는데 양심에 꺼리는 그런 느낌을 받았거든요. 정말 피해를 주면 어쩔까 싶은 생각이 들어 행동에 옮기지 못할 때가 있습니다.

강운구 정말 피해라고 생각하시나요?

김명선 어느 쪽인지 확신이 안섭니다.

이우영 피해라면 어느 정도의 피해입니까?

김명선 제가 아끼는 사람이니까, 보호해야 되겠다는…

이우영 보호하지 않고 피해를 줬을 경우에는 어느 정도의 피해를 주는지 그 정도를 말씀해 주세요.

김명선 전에 얘기했듯이 상대방이 제 눈을 바라보면 상당히 불편하고 그런 생각이 그 사람들한테 남아 있는 것 같아서…

이우영 불편해 하는 영향도 미치지도 않는데, 괜히…

김명선 다른 사람하고는 그렇지 않은데, 이 사람들하고 대화를 하면 아직도 그게 남아 있거든요.

이우영 눈 정도의 피해는 피해가 아니라는 거야.

김명선 그게 저한테는 핵심입니다.

현기성 사이가 악화될까봐?

김명선 여태껏 그 사람들과의 인간관계는 내가 웬만큼 잘못해도 멀어질 사이는 아닙니다.

정선생 남들과는 착각임을 깨달은 것 같은데 아끼는 사람들과는 아직 그게 해결 안되었기 때문이야. 그 사람들하고도 부딪쳐야지. 일부러 불편하게, 깜박거리게, 눈을 비비게 만들어 보라고! 하려면 잘 안되는 걸 발견할 수 있을 거야. 그래야 자신에게 착각임이 증명되는 거야. 명선씨도 전번 시간에 이미 다 거쳐간 과정인데 뭘 그래. 그때 잘 했잖았어요?

이우영 이 정도 비비는 건 절대로 피해가 아니다. 아닌데 명선씨는 상당한 피해라고 생각하고 있거든.

김명선 상대방이 시선을 저하고 같이 마주보고 시간이 오래 가면 제 시선 때문에 굉장히 불편해 하는 것 같아요.

이박사 그래, 그것은 착각이 아니야. 누구든지 사람을 빤히 쳐다보면 시선을 돌리게 됩니다. 그리고 고개를 돌려주는 게 예의고요. 그렇게 사람을 노려보는 게 아닙니다.

김명선 그것은 제가 너무 빤히 쳐다봐서 그러는 거예요?

이박사 명선씨가 자세히 봤을 때 사람이 시선을 돌리는 것은 착각이 아니고 실제로 그래요. 그러니까 그렇게 해서는 안된다는 겁니다. 인간관계가 부드러워지려면!

김명선 그 세 사람만 만나면 제 쪽에서 위축이 돼가지고…

이박사 상대방 눈이 따끔거리는 것은 착각이고, 내가 자세히 볼 때 상대가 피하는 것은 사실입니다. 착각이라는 것을 이해하려면 우선 열심히 쳐다보고, 얼마나 따끔거리나 관찰해야 되고, 만약 안 일어나면 착각이라는 게 드러날 것이고, 그래도 마음에 계속 남아 있으면 그때는 이야기를 하는 수밖에 없지요. 광고를 해야 됩니다. 물론 내가 쳐다봄으로써 다리가 부러진다든가 그 정도로 피해를 준다면야 안되겠지만 눈 한 두 번 비비게 하는 정도야 어때?

김명선 제가 너무 잘하려고 그러는 마음이…

이박사 너무 지나치게, 달콤한 솜사탕처럼 되려고 하니까 그래요. 그렇게 될 순 없어. 그것도 욕심이야.

여러분, 대부분의 경우 아직 해결 안된 것이 많습니다. 사실은 완전히 해결이 돼서는 안됩니다. 우리가 고민했던 증상 중에서 실은 병이 아닌 게 많고, 오히려 긍정적인 측면도 많기 때문입니다. 가령 소심하니까 좀더 적극적으로 돼야 되겠다고 하지요? 그러나 적극적이란 말과 능동적이라는 말은 의미가 다릅니다. 능동적이라는 말은 앉아서 당하면 불안해지니까 당하는 꼴이 되지 말고 나가서 능동적으로 부딪치자는 뜻이고, 그건 자신 있게, 적극적으로 사교적으로 된다는 의미하고는 다르다는 겁니다.

가령, 내성적이고 비사교적인 사람이 성격을 개조해서 사교적인 사람으로 돼야 하느냐, 이것은 안된다는 겁니다.

고유석 하지만 얌전해 빠져서 농담도 한 마디 못 한다면 그게 남자입니까?

성격대로 분수대로 산다

내성적인 사람이 그 성격에 맞는 업무를 잘 하고 있으면서
세일즈맨처럼 말 잘하고 사교적으로 되는 건 욕심.

이박사 유석씨, 그 말 참 잘했다. 남자라면 그래야 된다고 생각하기 때문에 유석씨는 가면을 쓰고 연극도 하고, 연기도 잘했죠. 그래서 남들은 자기를 굉장히 사교적인 사람이라고 생각하게 되었어요. 하지만 결과는 뭐야. 남이야 뭐라던 자기 생각은 소심해. 그래서 비참한 생각이 드는 거라구.

성격개조란 되지도 않거니와 또 그래도 안되는 이유가 여기 있어요. 사교적으로 되었으면 하는 바람과 되지 않으면 안된다는 강박과는 다른 거야. 외향적인 사람도 있고, 내성적인 사람도 있어. 그리고 내성적인 성격이 반드시 나쁘냐 하면 그렇지는 않다는 겁니다. 아까 현기성씨가 우리 직장에서는 당당하게 되야 되겠다고 생각을 했지만 그렇게 될 기회가 없다고 했습니다. 그래, 설계나 하고 연구를 하는 사람이 사교적으로 되어서 뭘 할 겁니까? 세일즈맨이라도 할 작정입니까? 기성씨가 만일 사교적인 사람 같으면 그 직장에 붙어 있을 수도 없어. 거기에 적응이 될 수 있는 성격이 아니거든. 말도 잘하고 사교적이고 이러면 영업이나 해야지, 앉아서 설계를 하고 있을 사람이 아니야.

기성씨는 사람 앞에 나서면 좀 떨리고, 수줍고 하기 때문에 사람 앞에 나서기가 싫은 것이 오히려 장점입니다. 자기 성격에 맞

쳐서 직업 선택을 적절하게 잘하셨어. 성격은 바꿀 수가 없으니까 적성에 안맞으면 직업을 바꿔야 돼. 내 성격을 올바로 이해하고 그 성격을 잘 살리자는 겁니다. 자기 성격대로 살아가야 합니다. 우리가 지금까지 고민했던 것은 약점도 아니고 치부도 아닙니다. 약점이라고 생각하기 때문에 연기를 해야 되고 가면을 써야 됐던 비극이 생긴 겁니다.

신선희 그래도 사람이 사교성이 있어야 하는 건데 사람을 잘 사귈 수 없으니 외롭고, 소외감이 들거든요.

이박사 현실적인 고민을 말씀해 주셨는데, 두 가지 점을 지적하고 싶습니다.

첫째, 사교성이 좋아서 많은 사람을 잘 사귀는 것하고 진실한 친구를 갖는 것과는 의미가 다를 것 같아요. 사교성이 좋으면 사람도 잘 사귀고 하니까 많은 사람과 알고 지내므로 세일즈맨이나 국회의원 출마하는 데는 아주 유리하겠지요. 하지만 그 많은 사람들이 그에게 진실한 친구는 아닐 겁니다. 둘째, 나는 내성적이고 해서 친구도 잘 못 사귄다는 그 생각에 대해서입니다. 친구가 없다는 걸 자기의 대인 불안증으로 설명해서는 안됩니다. 그 탓으로 돌려선 안된다는 거죠. 친구를 만드는 데는 상당한 투자가 필요합니다. 정신적, 경제적, 시간적 투자가 필요합니다. 공을 들여야 합니다. 전화도 자주 하고 때론 커피도 사고… 그걸 하지 않고 친구 없다고 해서야 안되죠. 친구란 쉽게 사귀어지는 게 아닙니다.

이건 사교성이나 대인공포증과는 관계가 없습니다. 인간적인 문제죠. 여기 오시는 대부분의 사람들은 정을 베푸는 데 인색합니다. 남이 해주기만 바라지 내가 해주진 않습니다. 여러분은 이 말 들으면 펄쩍 뛸 겁니다. 자기 내심은 그렇지 않다고! 부끄러워 못할 뿐이지 정이 없는 건 아니라고 하실 겁니다. 그것은 사실입니다. 그러나 제가 드리고 싶은 이야기는 자기 약점을 모두 대인공포증 탓으로 설명하려고 들지는 말자는 겁니다.

김명선 어느 정도 자신은 있는데, 어느 순간에 재발이 되지 않느냐 그게 두려운데…

이박사 아까 형수씨가 일기를 써서 어디에 내 맹점이 있나를 생각해 보겠다고 했는데, 좋은 방법인 것 같아요. 순간적으로 자기도 모르게 옛날 방법이 나오거든. 사실 누구나 싫은 것은 피하고 싶은 것이 인간의 본능이니까. 본능적으로 피했으면, 그런 것이 안생겼으면 싶은데, 막상 나타나면 아이고 죽었구나, 이게 재발이거든요. 재발이 되면 이 책자를 펼쳐보고 어디에 문제가 있었나 한번 더 생각해 보도록 하세요.

김명선 매일매일 능동적인 지각을 줘야 되겠군요.

곽재건 술하고 이 병하고 어떤 관계가 있는지?

이박사 대개 소심한 사람들이 대범해지기 위해 술을 마십니다. 그래서 이런 문제를 가지고 있는 사람들이 알코올 중독이 된 경우도 있죠. 자신이 없고 용기가 없으니까 술을 마시거나 안정제를 많이 먹는데, 그러나 술이나 약도 연기를 하는 것과 똑같은 효과일 뿐 근본적인 해결책은 아닙니다. 본심은 안그런데 그러한 자극제를 이용해 가지고 나 자신이 아닌 다른 사람을 만드는 것이죠. 일시적으로 가면을 쓰는 것과 마찬가집니다. 약 기운이 가시면 바람 빠진 풍선처럼 비참하게 되지요.

자, 그럼 한달 후 다음에 오실 때는 나빠졌으면 나빠진 대로 좋아졌으면 좋아진 대로, 사건이 있으면 있는 대로 이야기를 할 수 있도록 적어 오시기 바랍니다.

성규문 내가 이것 때문에 정신분열증 치료도 받았어요. 이런 치료법이 널리 선전되고 개발이 돼야 하겠습니다.

이우영 그렇습니다. 우리는 이 치료를 받고 새로운 사람으로 태어난 겁니다. 이 박사님의 가르침을 명심해서 다시는 옛날의 어두운 사람으로 되돌아가선 안될 것입니다. 그래서 내 생각으로는 이 박사님의 작은 사진을 배지로 만들어서 하나씩 간직하면 어떨까 하는 의견입니다. 그리고 앞으로 병원에서 지정하는 모임 말고 우리끼리 따로 정기적으로 만나는 모임을 가졌으면 합니다.

김선생 좋은 의견인데 그런 문제는 한달 후 모일 때 다시 한번 토의하도록 합시다.

곽재건 박사님은 개인적으로 면담을 하면 코멘트를 안하고 듣기만 하시는데 많은 환자를 다루기 위한 수단인지 의학적인 기법인지?

이박사 말을 많이 하는 게 정신치료는 아닙니다. 듣는 자세가 중요하죠. 의사가 친절하게 가르쳐 주는 것보다 환자 스스로가 깨우치는 게 중요합니다. 이 모임에서도 지금까지 쭉 그렇게 해왔습니다. 왜 좋아졌느냐, 왜 재발하는가 계속 질문을 던졌죠. 여러분 스스로가 대답을 해야 자기 지식이 되는 겁니다.

강운구 집에서 자꾸 한 번 더 치료를 받으라고 그러는데 어떨까요?

정선생 아직 몇 달은 더 해야 합니다. 치료가 끝난 게 아니고 계속 진행이 되는 거야. 오히려 매주 나올 때보다 한 달에 한 번 올적에는 더 정성스러운 마음으로 생활에 임하고, 생각하고, 숙제하려고 하는 그 마음가짐으로 하면서 내 문제를 분석해 보도록 해야 합니다.

김선생 재발에 대한 걱정을 많이 하시는데, 재발을 막으려면 재발에 대한 걱정을 하셔야 될 것 같아요.

김명선 항상 자각을 하고 있으니까.

곽재건 나는 항상 긴장상태에서 삽니다.

이박사 집단 모임을 해보면 탈락률이 30~40% 이상입니다. 실제로 8주 동안에 일주일 한 번 만나 이렇게까지 모든 사람이 깨우치고 좋아지는 것, 이것도 기적입니다. 알다시피 노이로제라는 것은 참 오래 갑니다. 치료를 한다는 것도 몇 년이 가는 경우가 있습니다. 여러분들이 좋은 경험을 하셨고, 저 역시 기분 좋고 흐뭇합니다. 그래서 이 그룹의 모임을 책으로 쓰려고 합니다. 이 방면에 공부를 하는 다른 학자들에게도 자극제가 되지 않나 생각됩니다. 그럼 한달 후 만날 때까지 건투하시길 빕니다.

일동 감사합니다. 안녕히 계십시오.

추적치료 ③

❸
추적치료

제2단계의 집단 치료가 끝난 후 1개월, 3, 6, 10개월 째로 간격을 늘려가면서 10개월간 4회에 걸쳐 추적 치료한다. 그래서 처음 개인면담에서 시작하여 거의 1년여에 걸친 치료가 종결된다.

비록 4회에 걸친 추적 치료였으나 실제로 환자들은 스스로 결성한 「정우회」모임에 매월 참석하고 있다. 여기엔 주로 보조 치료자가 참여하고 있으며 이 모임은 본원에서 치료받은 모든 대인 공포증 환자에게 개방되어 있다.

증상이 호전될수록 참석률이 떨어지는 경향을 보였으나 환자에 따라선 열심히 나와 자신의 치료 경험담을 들려주는 등 다른 사람을 위해 많은 조언을 해주기도 한다.

이 추적치료 단계에서는 실제 사회 생활에서의 증상의 변화, 악화 등을 재검토한다. 그간의 경험을 토대로 하면 이 단계의 치료도 상당히 중요하다는 사실이었다. 물론 2단계 치료로써 완치가 된 환자도 있었지만, 약 5분의 1에서 재발이 되었거나 또는 새로운 증상이 생겼다는 환자도 있었다. 재발의 이유는 환자들이 오랜 습관에 빠져 어려운 상황을 만나면 거의 조건반사처럼 옛날 버릇이 나온다는 것이었으며, 그 순간 여기서 배운 지식을 동원할 수 없었다고 한다. 또 환자에 따라선 어떻게 대처해야 할지 까맣게 잊었다고도 한다.

따라서 이런 환자들을 위해 「복습과정」이 필요했으며 옛버릇을 버리게 치료적 자극이 계속적으로 있어야 했다. 면역 접종의 「부스터 양」(Booster dosage)을 간헐적으로 주입해야만 했다. 재발 환자에 대해선 숙제를 다시 주고 지난번 실시한 치료를 완전히 반복해야 했던 경우도 있었다.

이 책에서는 추적 치료 과정을 모두 실을 순 없고, 경과중 중요한 변화만 환자별로 요약해서 기술하기로 한다.

신선희 (여, 26. 회사원. 떨림, 적면)

3개월째 어려운 건 지금도 여전해요. 하지만 절대로 피하진 말자는 게 제 생활신조예요. 많이 노력하고 있어요. 때로는 꾀를 부리기도 하지만요. 하지만 힘든 일은 피하고 싶은 게 인간의 본능이 아니겠어요?

1년째 사무실 안을 다니는 건 이제 문제없어요. 그전 같으면 상상도 할 수 없는 일이죠.

데이트도 하고요. 아직 결혼 이야기 할 단계는 아니지만 때가 되면 결혼도 할 수 있을 것 같아요.

증상 때문에 할 일을 못할 것 같진 않아요.

남자 직원들과 점심 먹으러도 곧잘 가요. 먹을 것 다 찾아 먹고… 요즈음은 안 불러줘서 못가는 형편이니까 이젠 제 걱정 마세요.

이영희 (여, 27세, 대학생, 적면, 떨림, 시선)

3개월째 이제 증상은 거의 문제시 안해요. 그것 때문에 할 일을 못 하진 않습니다. 불안하고 좀 붉어져도 「그럴 수 있는데 뭘!」하고 생각하니까 한결 편해요. 그전엔 그래선 안 된다고 생각했는데, 이제 그럴 수도 있다고 받아들이는 자세가 된 것 같아요. 저항하지 않고, 숨기려 들지도 말며, 피하지 말자! 이게 제 자세예요.

6개월째 증상이 좋아지니까 한 가지 걱정이 생겼어요. 아주 게을러졌지요. 그전엔 사람 많은 버스를 탈 수 없었기 때문에 새벽 일찍 일어나 학교엘 갔거든요. 텅 빈 버스를 타기 위해서죠. 덕분에 도서관에 앉아 공부도 많이 할 수 있었는데…

요즈음은 어떤 버스도 탈 자신이 생기니까 일찍 일어나야 할 필요가 없잖아요? 늦잠을 자기도 하고, 아주 게을러졌어요.

1년째 교직 계통으로 나갈까 해서 교생실습도 마쳤는데… 결혼하게 되었어요. 나이도 있고 해서…

요즈음 잘하고 있어요. 여기 온 덕에 졸업도 하고 결혼도 했고. 잊을 수 없을 것 같아요. 학교도 그만두고 모든 걸 포기하고 싶었던 게 엊그제 같은데…

곽재건 (남, 29세, 교사, 야간 대학생, 시선, 표정)

3개월째 아내는 나를 아주 정상인으로 대해요. 내겐 아직도 문제가 많은데… 하지만 최선을 다하고 있습니다.

6개월째 여기서의 치료과정이 내 인생에 결정적 계기를 만들었습니다. 이젠 자살 같은 거 생각 안합니다. 어떤 것이든 와라! 나는 지지 않을 것이다.

1년째 요즈음 애들의 시선이 전혀 두렵지 않습니다. 나를 안 쳐다보면 오히려 기분이 나쁜 걸요. 그건 공부를 열심히 안하고 있다는 뜻이니까요.

원형수 (남, 32세, 공무원, 떨림, 시선, 식사, 교제)

3개월째 면목이 없습니다. 모든 문제가 재발되었습니다. 종전의 타성이 살아난 겁니다. 상당히 어려워졌습니다. 손 떨리는 것, 시선 공포는 오히려 악화되었습니다. 내가 게을렀던 것 같습니다. 숙제하는 자세를 잊었던 것 같습니다.

6개월째 치료를 다시 하는 기분으로 하고 있습니다. 학교에서 발표가 있었는데 빠질까 하고 생각했으나 이박사님한테 야단맞을까봐 억지로라도 해보자고 마음먹었습니다. 간신히 끝냈습니다. 후평을 듣진 못했습니다만, 엉망일 겁니다. 그래도 했다는 데 자부를 갖고 있습니다.

식사 문제는 많이 해결되었습니다. 그만해도 다행이죠, 굶어 죽긴 면했으니 말이죠. (웃음)

1년째 이제사 치료 원리를 깨달은 것 같아요. 진심으로 느낀 것 같습니다. 그전엔 말로만 그랬는데 이젠 느낌으로 와 닿습니다. 증상은 거의 완전해졌습니다. 저 혼자 재발되어 낙오하는 게 아닌가 하여 무척 초조하고 걱정이었는데… 이젠 완전합니다. 치료 원리를 깨친 것 같습니다. 환우 여러분의 격려, 그리고 무엇보다 치료진 선생님들의 인내에 감사드립니다. 숙제를 새로 내주시고 다시 치료를 해주신 그 성의를 잊지 않을 겁니다.

강운구 (남, 19세, 학생, 냄새)

3개월째 상황에 대처하는 기술을 배운 게 아니라 마음가짐, 정신자세를 고쳐야 한다는 걸 배운 것 같습니다. 학원에 열심히 나갑니다. 공부도 잘 하고 있고요. 가족들도 신기하다고들 야단입니다. 몇 해 동안 집밖을 못 나가고 거의 인생을 포기하다시피 생활했으니까요. 요즈음도 때론 학원에서 앉는 자리가 신경이 쓰일 때가 있긴 하지만… 냄새 좀 나도 할 수 없지 뭐, 하니까 큰 신경 안쓰여요.

1년째 대학에 합격했어요. 꿈만 같아요. 요즈음 잘 다니고 있습니다. 아주 편해졌어요. 물론 완전치는 않지만 그런 대로 잘 견디나갑니다. 막연한 걱정이 될 때가 있습니다. 그럴 적마다 정우회 모임에 나와 환우들의 이야길 듣고 하면 그게 내 착각이란 걸 깨닫게 되어 한결 좋아집니다. 저는 그래서 1년이 끝난 후에도 계속 나올 작정입니다. 재발한다 싶으면 여기 나와 다시 확인을 받고 싶거든요.

임경직 (남, 28세, 대학생, 냄새)

3개월째 외출하는 건 부담 없습니다. 만원 버스 타는 것도 문제없고요. 강의들을 때도 한가운데 앉아 들어도 상관없습니다. 여학생 옆에도 OK. 다만 체질적으로 땀이 많이 나기 때문에 그 주의만은 하고 있습니다.

6개월째 예기불안이 많이 줄어들었습니다. 어쩌다 옛날 생각이 날 때도 있고 「또 그러면 어쩌나」하는 불안이 떠오를 적도 있긴 하지만 그땐 합리적인 방향으로 생각하려고 노력합니다. 여자와 사귀고 있습니다. 나로선 평생 처음이라 긴장이 되긴 하지만 증상 때문에 그런 건 아닙니다. 결혼도 생각하고 있습니다. 냄새나는 건 아직 그 여자가 눈치 못채고 있는 것 같아요.

1년째 졸업하고 취직했습니다. 잘 다니고 있습니다. 모든 게 잘 되어가고 있습니다. 사귀는 여자와는 곧 결혼할 예정이고…

지난 세월이 꿈만 같습니다. 여기 오지 않았더라면 내 인생이 어떻게 되었을까 하고 생각하니 아찔할 때가 있습니다. 감사합니다.

김명선 (남, 30세, 세일즈맨, 시선, 표정)

3개월째 생활이 아주 편해졌습니다. 매상고도 상당히 올랐어요. 증상이 없어지니까 손님과 대화도 잘되고 해서 장사도 잘 됩니다. 하지만 방심하는 사이 증상이 재발하기도 합니다. 그러면 숙제하는 기분으로 부딪치고… 다시 좋아져요. 노이로제를 고친다는 건 상당한 시일과 노력이 필요할 것 같아요.

1년째 증상이 좋아지니까 인생 전반에 걸쳐 자신이 생겨요. 인생을 보는 눈도 달라졌어요. 키 작은 게 고민이었던 것도 따지고 보니 우습더라구요. 사람마다 차이가 있는 건데 왜 그리 고민을 했는지 알 수 없어요. 이젠 99%가 치료된 것 같아요. 100%는 욕심이지요. 또 그래선 안된다고 생각해요. 사람을 빤히 노려보면 안되니까요. 이젠 내 눈 때문에 남에게 피해를 준다는 생각은 거의 가신 것 같아요. 그 비결을 터득했습니다. 재발이 되어도 고치는 방법을 알고 있으니까 문제없습니다.

이우영 (남, 46세, 공무원, 적면, 표정, 시선, 떨림, 연단)

3개월째 아파트 들어가는 문제는 이제 끝났다. 교육도 시켰고. 200명 모아놓고 아주 의젓하게 잘했다. 내가 생각해도 신기하다. 해보니까 별것도 아닌 걸 왜 20여 년을 그렇게 겁만 내고 떨었는지… 해보지 않고는 모른다는 걸 느꼈다. 이젠 뭐든지 부딪쳐 볼 생각이다.

6개월째 너무 편하니까 배가 나온다. 직장에서도 아가씨들이 아주 상냥하게 대해 준다. 그전엔 너무 엄해서 접근을 못했는데 요즈음은 아주 부드러워져서 좋다고들 이야기한다. 나도 그걸 느꼈다요. 긴장돼 있을 적엔 얼굴이 굳고 딱딱하게 보이나 보다.

1년째 너무 뻔뻔해질까 두렵다. 일부러 겸손하려고 노력하고 있다. 옛날처럼 책상에도 열심히 붙어 앉아 있고 하려는데 잘 안된다. 이젠 옆사무실에도 부담 없이 출입할 수 있게 되니까 자꾸 가게 된다. 별 할 일도 없이! 이러다간 상사 눈에 나서 야단이나 맞지 않을까 두려워 지기도 한다. 옛날처럼 얼굴도 찡그리고 진지한 자세를 하려고 해도 이젠 잘 안된다. 긴장이 탁 풀려 가지고 헬랠래가 된다. 세상을 보는 눈이 달라진 것 같다. 정말이지 내 인생관이 달라진 것 같다. 산다는 게 즐거운 거구나 하는 생각을 자주 하곤 한다. 그전엔 지옥이었는데…

고유석 (남, 29세, 회사원, 적면, 떨림, 교제)

3개월째 큰 어려움은 없었습니다. 어려움이 있어도 여기서 배운 키포인트를 생각하면서 조절할 수 있게 되었습니다. 전처럼 페이스를 잃고 허둥대진 않습니다. 어려운 상황에선 솔직히 어려움을 시인하고 받아들이니까 좀 당황해져도 회복이 빨라요. 산악회를 인솔해서 설악산엘 다녀왔는데, 평생 처음 하는 인솔이라 걱정은 되었으나 잘 해낸 것 같습니다. 기분 좋았습니다. 하는 것과 못하는 것은 종이 한 장 차이라는 걸 느꼈습니다.

1년째 회사일 열심히 한 덕분에 승진도 했습니다. 요즘은 출장 갈 일이 생기면 자원해서 갑니다. 그전엔 어떻게 하든 핑계를 대서 빠지려고 했는데… 그땐 억지로 가야 볼일을 50%도 못보고 왔었습니다. 남의 사무실에 들어간다는 게 내겐 지옥보다 더 싫은 일이었거든요. 이젠 문제없습니다. 120% 용무를 봅니다. 8주간의 치료가 끝난 후에도 저는 솔직히 반신반의였습니다. 그러나 차츰 시일이 지날수록 그런 의심이 없어져갔습니다. 여기 오기 전 마지막 편지에「살려달라」고 애걸했던 때와는 하늘과 땅 사이의 차이죠. 그땐 정말 막막했었습니다.

현기성 (남, 28세, 회사원, 떨림, 교제)

3개월째 보름간의 교육 훈련이 있었는데, 자원해서 다녀왔습니다. 전 같으면 무슨 핑계를 대고서라도 빠졌을 텐데. 편하게 잘 받았습니다. 나도 놀랄 지경이더라구요. 아마 내가 가기 싫어 빠지려다 어쩔 수 없이 끌려갔었더라면 혼깨나 났을 거예요. 「피하지 말고 부딪쳐라」는 말을 항상 명심하고 살아갑니다.

1년째 증상은 거의 다 나은 것 같습니다. 아직도 여러 사람 앞에서 이야기할 적엔 좀 어색한 듯한 기분이 들긴 하지만… 그 정도야 누구나 마찬가지 아니겠어요? 가끔 상사와 트러블이 있어서 고민이긴 하지만 대화를 통해 풀어나가려고 합니다. 한데 그게 잘 안 되더군요. 내 탓인지 그 사람 탓인지는 몰라도 잘 안돼요. 하지만 내 증상 때문에 생기는 문제인 것 같지는 않습니다. 아주 좋아졌습니다. 감사합니다.

성규문 (남, 28세, 무직, 표정, 시선)

3개월째 여자 친구와 잘 사귀고 있습니다. 양쪽 집안에서도 이젠 결혼을 허락한 셈이고… 취직시험 준비를 하고 있는데, 그동안 증상 때문에 I.Q가 많이 떨어졌던 것이 치료받고 난 후부터 많이 회복되었습니다.

6개월째 입사시험에 합격했습니다. 곧 결혼도 할 예정이고… 인생을 새로 시작하는 듯한 희망에 부풀어 있습니다.

1년째 입사후 연수 생활이 곧 끝나게 됩니다. 동료를 만나는 것도 자연스럽고 잘 사귀고 있습니다. 인사도 내가 먼저 청해서 하고 여기서 배운 대로 했더니 세상에 그렇게 쉬울 수가 없습니다. 그걸 왜 못해 고민을 했는지 알 수가 없습니다. 농담도 잘 하고 하니까 동료들 사이에서도 내가 단연 인기죠. 인내심을 갖고 치료해 주신 선생님들께 감사드립니다.

계순동 (남, 30세, 회사원, 적면, 떨림)

3개월째 옛날보다야 훨씬 나아졌죠. 그러다가도 뭔가를 보여 줘야지 — 하고 욕심을 내면 또 재발이 돼요. 욕심을 버려야겠어요. 여자 집에도 갔습니다. 선도 못 보던 주제에 많이 발전한 거지요. 요즘도 빨개지지만, 「또 빨개지는구나」하고 담담히 받아들이니까 괜찮아져요. 전 같으면 당황해서 어쩔 줄 모르고 그럴수록 더 빨개질텐데… 신기해요. 내가 생각해도 대견합니다.

6개월째 이박사님, 감사합니다. 제 결혼에 주례까지 서주셔서. 신혼 생활도 재미있게하고 있습니다. 이 은혜를 어떻게 다 갚아야 할지, 진심으로 감사를 드립니다.

요즘은 쭉 괜찮았는데, 여기 와서 다 나았다고 이야기하려고 하니까 갑자기 불안해지네요. 내 욕심인가?

1년째 회사 일도 열심히 하고 저녁엔 친구와 동업으로 스포츠 용품점을 하나 열었습니다. 회사 일 마치고 개인사업 하느라 가게에서 시달리다 보면 밤 열두시가 돼야 집으로 돌아옵니다. 증상이고 뭐고 생각할 겨를도 없습니다.

총평

대개 치료의 성패, 또는 예후 판정은 추적 치료 3개월 째가 고비인 것 같다. 이 시점에서 치료가 성공적으로 된 환자는 거의 문제가 없었으나 여기서 완전하지 못한 환자는 그 이후 철저한 추적 치료가 필요했다.

치료 목표가 증상의 완전 소실보다 다소 불편하더라도 사회생활에 지장이 없을 정도로 회복시키는 일이므로 이 목적을 위해서는 전 치료 기간을 1년 남짓 잡은 것은 적절했다고 본다.

실제로 추적 치료 6개월 째인 시점에서 환자들 상태는 거의 안정권에 들어섰다고 해도 좋을 성싶다. 이 시점은 개인 면담이 시작된 것을 기점으로 집단치료 2개월을 가산하면 대체로 치료 개시 후 10개월쯤 된다. 외국 문헌에서도 사회생활에 지장이 없을 정도로 회복되는 데는 대체로 10개월 내외로 보고 있는 것과 일치한다.

치료성과의 판정

일반적으로 신경증 치유의 판정이나 치료상을 규정하는 데 있어서는 신중을 기하지 않으면 안된다. 그 이유는

첫째, 정신요법의 이론이나 기법도 다양하지만 치료 목표 역시 학파마다 다르기 때문이다. 단지 증상의 소실만을 목표로 하는 단순행동치료나 최면요법을 비롯해서, 자기 통찰을 최대의 목표로 하여 증상의 소실은 부차적인 것으로 생각하는 분석 학파에

이르기까지 그 차원이 각양 각색이다.

둘째, 실제 치료 상황에서는 이론적 목표와 실제 도달하는 치료상이 불행히 아주 다른 경우가 허다하다는 사실이다.

이런 걸 미루어볼 때 인간의 마음을 다루는 학문이 아직 낮은 수준에 있다고 할 수밖에 없지만, 현실적으로 마음을 전환시킨다는 건 정말 힘든 작업임을 시사하고 있다.

대체로 신경증 치료의 효과 판정에는 치료자와 환자간에 의견이 다르다. 객관적 사실을 종합해서 좋아졌다는 치료진 의견에 반해, 환자의 주관적 입장에선 별로 진전이 없다는 게 상례다. 신경증이란 원래 주관적인 증상이고 이는 환자마음 내부 세계의 문제이기 때문에 객관화시켜 이야기할 수 없는 게 한계점이다. 즉, 객관적 치유기준을 만들기도 힘들거니와 설령 만들었다 하더라도 사용하는 사람의 주관에 따라 달라진다. 대인 공포증의 치료상은 어떤 것인가에 대한 논란도 예외는 아니다.

학자에 따라선 「증상의 경쾌나 소실이 없이도 가정적, 사회적 적응력의 회복」이 치료상이라고 했고 (桶口) 「보통 사람은 모르는 고통, 불안을 안고서도 살아가는 자세」라고 이께다(池田)는 말한다.

한편 구마노(態野)는 이런 차원에서의 치료로써는 불충분하다고 잘라 말한다. 이것을 넘어 불안 증상에 반대하지 않는 절대 수용의 심리적 태도라고 못박고 있다. 즉, 이럴 수 있을 때 지금까지 불안 때문에 숨겨온 본래의 욕망이 나타나, 자기 실현에 직진하는 건설적 행동이 의지력에 의해서가 아니고, 자연히 발동하게 된다. 이렇게 해서 주체성이 확립되고 지금까지 단점, 약점으로 여겨온 성격 성향을 오히려 장점으로 받아들여 이를 이용하는 단계로까지 발전할 수 있는 게 치료라고 규정하고 있다.

치료상을 이런 수준으로 잡고 있는 학자들은 증상 자체보다 인격 도야, 수양에 치료의 초점을 맞추고 있다. 따라서 치료가 된 후에는 십년 수도한 이상의 인간적 성숙을 기할 수 있으며「큰마음」으로 되어「종교적」경지에까지 이르게 된다고 한다.

이게 치료의 이상상임은 말할 나위가 없다. 그러나 실제로 이 경지까지의 치료에는 상당한 시일과 각별한 치료적 노력이 필요할 것이다. 스즈키(鈴木)의 치료 경험이 이를 뒷받침하고 있다. 대규모적인 추적조사에 의하면 ①불안이 있어도 보통의 대인관계는 될 수 있을 정도로 회복되는 데는 평균 10.9개월 ②불안에 반대하지 않는 고도의 개선 상태에 이르는 데는 약 3년이 필요했다.

어느 정도 치료가 된 환자라도 이렇게 장기간 후에야 비로소 고도의 개선 상태에 이르는 데는 몇 가지 요인으로 고찰할 수 있다.

1) 대인 공포증 자체가 예외가 있긴 하지만, 사춘기에서 시작하여 청년기가 끝날 즈음엔 거의 자연 치유되는「시한부 문제」라는 점이다.

2) 치료를 통해 일단 통찰을 얻은 후, 이를 실생활에 응용, 습관화하기까지 재발, 악화 등 몇 고비의 기복을 거쳐 차츰 안정단계에 이른다는 점이다.

3)치료가 완전하지 않는 상태라 하더라도 활동 범위가 넓어지고 일상생활을 그런 대로 할 수만 있다면, 사회적 경험이 쌓이고 관록도 붙고 하여 차츰 증상쯤 무시할 수 있는 당당한 자세로 된다.

4)나이가 들면 그 자체만으로도 인생을 보는 눈이 넓고 깊어지며 또 철학적 사색을 할 수 있게 됨으로써 증상쯤이야 상대하지 않는 태도가 된다.

따라서 우리의 전치료기간을 대체로 1년을 잡은 것도 필자의 경험에서 그랬고, 선행 연구결과도 그 정도 기간이면 일상생활은 할 수 있는 수준으로 치료가 가능하다는 전제에서였다.

그리고 처음 8주 동안의 집중 치료를 통해 확실한 통찰을 심어 줌으로써,

1)예기 불안 및 증상의 정도를 경감, 또는 소실케 하고,

2)공포증으로 인한 이차적 병발 증상인 은둔, 좌절, 회피 등을 줄여

3)일상의 생활에 복귀시킨다.

이러한 수준이 우리 치료 목표였으며 그 효과 판정도 이 목표에 따라 하기로 했다.

물론 궁극적 목표는 증상을 상대하지 않고 자기 성격대로 살아갈 수 있는 인간 성숙이겠지만, 이 치료 경험을 계기로 환자들이 앞으로 살아가면서 보다 장기적 안목에서 이루어야 할 과제이다. 비록 그런 고차원의 치료 목표가 우리의 짧은 기간에 이루어지진 않았다고 하더라도, 우리는 그러한 방향으로 많은 이야기를

치료시간에 하였다. 실제로 환자에 따라선 일단 증상의 집착에서 해방되고 나니 인생 전반을 보는 시야가 넓어지고 모든 생활에 적극적이어서 결혼, 취직, 학업 재기 등 인생에서 중요한 일들을 능동적으로 해나갔다. 치료자로서 무한한 축복과 긍지를 느낀다.

이와 같이 치료 성과 판정엔 여러 가지 문제점을 안고 있다. 목표설정에 따라 달라질 뿐 아니라 누가, 어떻게, 또 어느 시점에서 하느냐에 따라 아주 달라진다. 어쨌든 이런 문제점이 있긴 하지만 본증 치료 성과 판정은 다른 신경증에 비해 비교적 분명히 할 수 있다는 점이 다행한 일이었다.

우선 치료의 목표 증상이 분명하다는 점이다. 막연하고 잡다스런 문제점을 다루는 다른 집단 치료에 비해 치료해야 할 증상이 구체적이기 때문에 효과 판정이 쉽다는 점이다.

다음, 공포증으로 인해 이차적으로 병발된 사회 생활의 제한 등 인생에 있어 중요하고 큼직한 일들의 변화가 분명히 나타나기 때문에, 사회 생활의 적응을 목표로 하는 본치료 효과판정에 용이하다는 점이다.

끝으로, 무엇보다 중요한 게 환자 스스로의 느낌이다. 이걸 객관화시킨다는 게 애로가 있긴 했지만 그 약점을 보완하기 위해 여러 가지 방법을 병용했다는 점이다.

본 치료 성과 판정은 크게 세 방향에서 실시하였다.

첫째, 치료진의 평가 둘째, 사회생활의 변화에 대한 평가 셋째, 환자의 주관적 평가이다.

1)치료진의 평가

매회 치료가 끝나면, 녹음된 치료의 전 과정을 타이프하여 치료자 및 보조치료자, 네 명이 이를 평가 분석하였다. 여기선 물론 치료성과에 대한 평가만이 아니고 치료에 대한 모든 측면을 토론한다.

환자마다 치료 진전 상황을 도표로 표시하면서 그날의 치료목표에 도달하였는지 여부를 체크한다. 대체로 처음 세 시간의 이론적 부분에 대한 이해는 모두가 잘해주었다. 그러나 다음의 체험단계에선 환자마다 진전이 달랐으며 반신반의, 또는 주저하는 듯 하였으나 결국은 모두 소기의 목적을 달성했다. 환자에 따라선 예정된 치료보다 앞질러 가는 예도 있었으며, 첫 모임 이후 거의 증상이 소실된 경우도 있었다. 또 이론적 이해는 빨랐으나 실제 체험단계에선 좀처럼 진전이 되지 않는 경우도 있었으며, 대체적으로 이 단계에서 주저가 많거나 반신반의하는 환자들에게서 추적치료 과정중 재발되는 수가 있었다.

그러나 대체로 8주 단계가 끝날 즈음에서는 모든 환자가 계획된 치료 성과를 올렸다는 건 특기할 만한 일이었다.

2)사회적 평가

8주 치료 기간중 현저한 변화가 있었다. 미루어 오던 결혼을 한 예도 있었고 학원 등록, 취업 시험 준비, 처음으로 선을 보기도 했고 극장 구경, 식당에서 처음으로 식사하는 등 확실한 변화를 보였다.

이런 변화들은 환자 스스로가 한 결정이 대부분이지만 때로는 환자와의 동의하에 숙제로 제시된 경우도 있었다. 그러나 어느 쪽이든 이건 일시적인 변화만은 아니었으며 그걸 계기로 계속적인 변화가 건설적인 방향으로 나타났다. 환자들은 사전에 치밀한 심리검사 및 면담을 통해 그만한 자아 통제력은 있는 걸로 판단되었기 때문에 그런 숙제를 부과하였으며 그런 일로 인해 정서적 동요가 있었던 예는 한 번도 없었다. 물론 잘해 나가던 환자가 증상의 재발 등으로 다시 사회생활이 위축되는 수는 있었으나 그런 예들도 추적 치료에서 다시 통찰을 확인하곤 전체적으로 볼 때 건설적인 방향으로 전진하고 있다는 데는 이론이 없었다.

　　환자 각 개인마다 치료 1년후 사회 생활의 변화를 예시한 도표

〈사회생활에서의 변화〉

직업	사회생활에서의 변화	
	치료전	치료 6개월 후
신선희(26, 여) 회사원	퇴직고려	열심히 근무, 결혼 준비
이영희(27, 여) 대학생	위축생활	취직시험 준비, 결혼
곽재건(29, 남) 교사, 야간대학생	근무곤란, 파혼예정, 자살기도	열심히 근무, 결혼
원형수(32, 남) 공무원	전직고려, 위축생활	열심히 근무
강운구(19, 남) 휴학	은둔생활 은둔	열심히 공부, 대학입학
임겨지(28, 남) 대학원생	휴학고려	취직, 결혼 준비
김명선(30, 남) 판매원	전직예정, 근무곤란	열심히 근무
이우영(46, 남) 공무원	위축생활, 전직고려	열심히 근무
고유석(29, 남) 회사원	위축생활, 전직고려	결혼 준비, 열심히 근무
현기성(28, 남) 회사원	전직고려	열심히 근무
성규문(28, 남) 무 직	은둔생활	취업, 결혼
계순동(30, 남) 회사원	전직고려	결혼, 열심히 근무

를 보자.

거의 사회생활을 못하고 은둔생활을 해왔던 두 사람이 사회생활에 복귀하였으며 데이트 한번 변변히 못해본「숫처녀」「숫총각」넷이 치료 기간중 결혼했고 또 두 사람은 현재 교제중에 있다. 직장생활을 겨우 하고는 있으나 근무가 힘들어서 전직, 또는 퇴직까지 고려해왔던 8명은 치료 후 적극적인 자세로 근무에 열중하고 있다.

이와 같이 참석한 열 두 사람 모두에게 획기적인 생활의 변화가 일어났으며 자신들의 이러한 변화에 크게 만족하고 있다.

3)주관적 평가

환자 자신이 하는 평가로서 다음 네 가지 방법으로 하였다.
1)주된 증상에 대한 5등급 척도법
2)자화상 척도법
3)자신에게 주는 편지
4)비디오에 나타난 자신의 평가

　①문제 증상의 평가

문제된 목표 증상의 호전도에 대해선 5등급 척도에 의해 환자 스스로가 표시하게 하였다. 발생 빈도나 장애 정도로 나누어 치료전, 후에 걸쳐 설문지법을 통해 결과를 비교하였다.

발생 빈도에 대해서는, 어려운 상황에 부딪칠 때엔「항상 나타난다」는 4점,「전혀 안 나타난다」는 0점으로 하여 단계별로 표시한 결과 치료전 평균 4에서, 치료 3개월 후 평균 1.31로 떨어졌다.

장애 정도에서는 증상으로 인해 사회 생활하는데 어려움의 정도를 표시한 것으로서 「아주 병적이다」는 4점, 「전혀 문제없다」는 0점으로 하여 5단계로 측정한 결과 치료전 평균 4에서, 치료 3개월후 평균 1.25로 떨어졌다. 이와 같이 목표 증상에 대해 상당한 호전이 있었음을 알 수 있다.

②자화상 척도법

치료 시작전 자신의 장단점 3가지씩을 적어 오게 한 후, 이를 다시 치료 종료 시점에서 물어본 결과를 비교하였으나 큰 차이를 발견할 수 없었다. 욕심 같아선 치료전 단점이라고 생각하는 점, 가령 「내성적인 성격」을 치료후 장점으로 생각한다면 좋지 않을까 하는 기대였으나 그러한 변화는 찾아볼 수 없었다.

그 다음 자화상 척도는 12문항으로 된 것으로서 Falloon 등(1977)이 한 자화상 척도를 수정 보완한 것인데 치료 전후를 비교하였으나 특기할만한 변화는 없었다.

치료 성적이 우수함에도 불구하고 자화상의 발전에 큰 변화가 없는 것은 1년이라는 짧은 치료기간 탓으로 생각된다. 외국 학자들 보고에서도 자신의 성격상 약점을 오히려 긍정적인 것으로 받아들이면서 불안을 수용할 수 있는 성숙적인 단계로 되기까진 약 3년이 걸리는 것으로 보고되고 있다.

③자신에게 주는 편지

기본 치료가 종결되는 8주인 마지막 시간에 자신에게 주는 편지를 써와서 낭독하게 한다.

예외가 있긴 하지만 대체로 긍정적인 내용이었다. 치료전 위축된 자기 모습을 불쌍히 여겼으나 치료 후 자신을 얻었고 앞으로는 잘될 것이라는 확신에 찬 내용이 대부분이었다. 또 이런 편지를 쓰게 함으로써 평소에 찾아볼 수 없었던 새로운 면을 볼 수도 있었고, 또 자신의 문제에 대해 정확한 이해를 하고 있느냐에 대한 정리를 해보는 뜻에서도 유용하였음을 밝혀둔다.

④비디오 비교

처음 시간의 치료 과정을 비디오로 촬영해 두었다가 이를 치료 3개월 후에 보여 주면서 자신의 변화를 평가하게 하였다.

대개의 평가는 「형편없는 줄 알았는데 그런 대로 괜찮다」「저 때와 비교하면 요즈음은 많이 좋아졌다」는 두 가지 평가를 함으로써 역시 긍정적인 결과를 보여주었다.

유효한 치료 기법에 대한 환자의 평가

치료 기법 소개에서 언급했다시피 여러 가지 치료 기법을 적절히 배합하여 시술하였으므로, 환자에게 가장 유효한 게 어떤 것이었나에 대한 평가를 하게 했다.

유효하다고 판정된 기법을 순서별로 적어보면, 가장 효과적이었다는 게 역설지향기법, 그 다음이 치료자의 지적 및 강평, 숙제 토의, 광고 기법, 자유 토의, 역할 연습 등의 순이었다.

「정우회」에 대해서

책을 마무리하면서 「정우회」 모임에 대한 소개를 해둬야 할 것 같다.

이것은 고려병원(현, 강북삼성병원) 대인공포증 클리닉에서 치료받은 환자들의 자발적인 모임이다. 매주 둘째주 금요일에 정기적으로 만나고 있으며 보조 치료자가 함께 참가한다.

생활하면서 어려웠던 이야기를 서로 나누면서 문제점을 분석, 조언하는 치료적 분위기가 부제이지만 환자 상호간의 친목을 위한 사교적인 성격도 많이 띠고 있다. 따라서 증상이 재발한 환자들뿐만 아니고 완치된 환자들의 참여열도 아주 높다. 재발된 환우를 위해 조언도 하고 치료적 제언 등을 함으로써 상당한 자부와 긍지를 갖고 있다.

그리고 위축되었던 사회생활이 치료후 활발해지면서 취직, 복학, 입학 그리고 결혼 등 경사가 많아서 회원들이 함께 축하해주는 친목 도모에도 큰 몫을 하고 있다.

이 모임에 참석하는 회원들은 처음 8주간의 집단치료가 끝난 환자들이 전부이다. 따라서 병원에서 하는 공식적인 추적치료 계획이 10개월, 4회로 되어 있지만 정우회 참석까지 합치면 거의 매월 추적치료를 받고 있는 셈이 된다.

유자격 회원은 약 800명이나 한 번 모임에 대개 20여 명 안팎의 회원이 참가하고 있다. 완치가 된 상태에서 다른 회원들에게 도움이 되고자 열성적으로 참여하고 있는 몇몇 회우님께 충심으로 경의와 감사를 드리면서 정우회의 발전을 기원한다.

♣참고문헌

李東植「韓國人의 主體性과 道」(一志社, 1974)

李圭泰「韓國人의 意識構造」(文理社, 1979)

李부영「韓國人性格의 心理學的 考察」(韓國精神文化院, 1983)

李時炯「배짱으로 삽시다」(풀잎출판, 1982)

李時炯 · 鄭光雪「社會恐怖症에 關한 임상적 考察」(神經精神 學, 23:1)

李時炯 · 李秋里「Social arxicty in Korean student Read at 3rd
　　　　　　　　　Pacific Congress of psychiatry」(Seoul, 1984)

李時炯「重症社會恐怖症과 精神分裂症」(神經精神 學, 24:2, 1985)

李時炯 · 金甲中「社會恐怖症의 集團治療」(神經精神 學, 24-2, 1985)

李時炯 · 對人恐怖症(一湖閣, 서울 1993)

李時炯 · 터놓고 삽시다(살림, 서울 1999)

高橋徹「對人恐怖-相互 達의 分析」(聲學書院, 東京, 1976)

鈴木知華「森田療法を語る」(誠信書房, 東京, 1977)

土居建郎「甘えの 構造」(弘文堂, 東京, 1978)

森田正馬 · 高良武久「赤面恐怖の治し方」(白楊社, 東京, 1983)

內沼幸雄「對人恐怖の 人間學」(弘文堂, 東京, 1978)

笠原嘉「正視恐怖, 臭恐怖」(學書院, 東京, 1972)

山下格「對人恐怖」(金原出版, 東京, 1977)

岩井寬 · 阿部亨「森田療法の理論と實際」(金原出版, 東京, 1975)

Goltstein, A.P., Gershaw, N.J., Sprafkin, R.P. : Trainer's manual for
structured learning therapy (Structured learning Associates. N.Y. 1974)

HAY.G.H Dysmorphahpobia (Brit. J. psychiat. 116, 1970)

Franck, V. The will to meaning (World Book Co, N.Y., 1969)

100세 시대
젊고 건강하게 上 下

신경성 무좀에서 암까지 –
신경성 유행시대에 30년 임상경험을 바탕으로 재미있게 풀어쓴
신경성 질환의 발병기전과 자기진단, 자가치료 에세이

● 마누라가 보기 싫으면 허리가 아프다?

▶ 신경성 질환의 정체는 무엇인   ▶ 늙지 않는 비결 15가지
▶ 스트레스는 어떻게 다스리나   ▶ 섹스 – 욕구와 절제의 미학
▶ 성격과 질병의 상관관계   ▶ 맛인가, 멋인가 – 술과 인생
▶ '불면증'인가 '불만증'인가   ▶ 병을 통해 거듭 태어난다

한국인이 성공할 수 밖에 없는 33가지 이유
우뇌가 희망이다

'한국사회에 미래가 있는가?' 이러한 불안과 좌절
의 물음에 "우뇌형의 소유자인 한국인들에게 불가능
이란 없다"며 어느 때보다 자신감있는 희망을 제시
하는 이시형 박사의 힘찬 메시지!
이시형 지음 | 신국판 | 326쪽 | 값 9,800원

이시형 세상다시보기
본대로 느낀대로

불안과 분노로 가득찬 녹록치 않은 세상을 살아가
는 한국인에게, 정신과 전문의 이시형 박사가 전하
는 삶과 인생의 지혜!

이시형 지음 | 신국판 | 232쪽 | 값 9,000원

이시형 박사의 대인공포증 치료 下

중판발행 | 2000년6월15일
중판 13쇄발행 | 2011년9월20일

지은이 | 이시형
펴낸이 | 안대현
펴낸곳 | 풀잎
등록 | 제2-4858호

주소 | 서울시 중구 예장동 1-51호
전화 | 2274-5445/6
팩스 | 2268-3773

※ 잘못된 책은 바꾸어 드립니다.

값 7,000원